KB054412

仙道 체험기

김태영 著

113

『선도체험기』 113권을 내면서

『선도체험기』 113권을 내보낸다. 수련에 관한 얘기를 빼놓으면 아무래도 매스컴에 보도되는 주요 내용들이 화제가 될 수밖에 없다.

요즘 야당 정치인들 사이에는 대한민국 창설 이래 특히 6.25 때부터 이승만 대통령에 의해 주도되어 온 친미 정책에 회의를 품고 친중 쪽으로 기울어지려는 경향이 점점 노골화되어가는 경향이 있다.

이거야말로 우리나라처럼 강대국 중국의 한 귀퉁이에 붙어있는 조그마한 반도 국가가 살아나가는 기본 방법을 모르는 경솔하고 역사를 모르는 경솔한 소치라고 말할 수밖에 달리 할 말이 없다.

이러한 외교를 원교근공책(遠交近攻策)이라고 한다. 전국책(戰國策)에 나오는 유명한 외교 방법을 말한다.

멀리 떨어져 있는 나라와 친교를 맺는 대신 가까이 있는 나라와는 대치하는 외교 정책을 말한다. 우리나라는 대한민국 건국 이래 6.25 때 북한과 중국으로부터 잇달아 침략을 받았을 때 바로 이 원교근공책으로 미국의 도움을 받아 나라를 보전하고 온 세계가 부러워하는 산업화와 민주화를 성취했다.

그런데 이제 와서 갑자기 미국을 멀리하고 중국과 친교를 맺자는 망국적인 발언을 하는 대선주자들까지 나오게 되었다. 이에 원교근 공책에 대해서 자세히 다루었다.

그 다음으로 최순실 사태로 야기되는 이야기들을 많이 다루지 않을 수 없었다.

이메일: ch5437830@naver.com

단기 4350(2017)년 3월 15일

서울 강남구 삼성동 우거에서 김태영 씀

차 례

- 『선도체험기』112권을 내면서 _ 3

- 원교근공책(遠交近攻策) _ 9
- 하늘이 도와준 일본의 승리 _ 13
- 폴란드의 수난 _ 15
- 이승만의 외교 _ 18
- 줄타기 외교 _ 19
- 5차 핵실험 _ 22
- 유비무환(有備無患) _ 27
- 모든 것이 내 탓 _ 30
- 건강은 어떻습니까? _ 33
- 최순실 우병우 게이트 _ 35
- 최순실 대통령 박근혜 부통령 _ 39
- 유권자들의 경솔한 선택 _ 43
- 최태민 사교(邪敎) _ 46
- 정난정 닮은 최순실 _ 49
- 송두율의 좌절 _ 51
- 사이비종교에 뚫린 청와대 _ 54
- 대통령 하야와 탄핵 _ 57
- 좌파 재집권 공산화 부를 수도 _ 60
- 민주화가 불러들인 공산화 _ 63
- 두 번째 남침 _ 66
- 축제 같은 평화 시위 _ 69
- 지축정립(地軸正立) _ 71
- 낡고 녹슨 공산주의 _ 75
- 아버지 업적 갉아먹는 큰 딸 _ 78

- 야당은 어디로 가는가? _ 82
- 중심을 잡아야 _ 88
- 개성공단과 문재인 _ 94
- 북쪽은 우리의 미래인가? _ 99
- 과잉 반응이 아닌가? _ 104
- 공짜에 환장한 군상 _ 107
- 외교의 기본 망친 야당 _ 110
- 우아일체(宇我一體) _ 113
- 이재용 부회장과 박 대통령 _ 115
- 남북 분단 72년 _ 119
- 남북 드라마 공동체 _ 123
- 북핵 문제 일거에 해결될 수도 _ 128
- 7000년 계속된 초강대국 _ 131
- 연정화기(煉精化氣) _ 135
- 누가 대통령이 되어야 할까? _ 139
- 북편향 역사 교과서 _ 143
- 한국인 키보다 20cm 낮은 북한 젊은이 _ 146
- 아내가 싸움을 걸어 올 때 _ 152
- 배사율(背師律) 범하는 중국 _ 157
- '별들의 전쟁' 후속편 벌어질까? _ 161
- 대선주자의 매국적 발언 _ 164
- 안보관 없는 대선주자 _ 168

【이메일 문답】
- 졸음 운전 원인 _ 171
- 몽블랑 트래킹 _ 177
- 저려오는 다리 _ 179

■ 담배를 못 끊어서 _ 185

■ 말벌에 쏘인 이야기 _ 189

■ 감동적인 체험기 _ 194

■ 뜻밖의 전화 _ 195

■ 운기 조식하는 등산 _ 199

■ 가슴이 너무 답답합니다 _ 202

■ 보내신 메일 감사합니다 _ 203

■ 『선도체험기』 발송 요청 _ 206

■ 잃어버렸던 지갑 _ 209

■ 주먹구구식으로 _ 214

■ 블로그와 접신령 _ 217

■ 빙의령에 대하여 _ 219

■ 예지몽(豫知夢) _ 222

■ 출산율 문제 _ 224

■ 삼공재 방문 요청 _ 228

■ 사는 게 힘들다는 핑계로 _ 233

■ 17년 만의 인사 _ 237

■ 정유년 새해에 _ 243

■ 오행생식은 보약 _ 247

■ 제사 지내는 사람은? _ 250

■ 생활 속 선도수련 이야기 _ 255

【부록】
■ 금언과 격언들 _ 261

원교근공책(遠交近攻策)

2016년 8월 13일 토요일

우창석 씨가 말했다.

"선생님, 한동안 고고도 미사일 방어 체제인 사드 배치 문제를 놓고 국내외가 왁자지껄하더니 요즘은 좀 뜸해진 것 같습니다.

여론 조사 기관들에 따르면 초기에는 사드 배치를 반대하는 여론이 우세한 것 같더니 날이 갈수록 찬성하는 쪽이 우세하여 지금은 찬성 56%, 반대 31%, 기타 13%가 된 것을 보니 이제야 국민들도 잠시 잃었던 이성을 되찾고 애국심과 평상심을 회복한 듯합니다.

그런데 대통령을 지망하는 한 정치인은 아직도 사드에 대한 입장을 정하지 못하고 국민투표를 해야 한다면서 이른바 그의 전략적 모호성을 구사하며 우물쭈물하고 있습니다. 어떻습니까? 이 모두가 우리나라가 약소국이기 때문에 겪어야 하는 곤혹스럽고 구차한 처지를 말해주는 것이 아니겠습니까?"

"정확합니다."

"도대체 우리나라는 언제부터 지금과 같은 약소국가가 되었습니까?"

"고려가 수립된 것이 서기 918년이니까 지금으로부터 정확히 1098년 전부터입니다."

"그럼 일제의 식민사관으로 지금도 우리 역사를 저술하고 강의하는 강단사학자들이 만든 현행 교과서와는 달리 환국시대 3301년 배달국 시대 1565년 단군 시대 2096년은 말할 것도 없고 삼국시대까지만 해도 우리나라는 강대국이었던 것이 사실이니 약소국은 결코 아니었군요."

"당연히 그렇다고 보아야 하지 않겠습니까? 신라가 삼국통일을 할 때까지만 해도 당나라와 두 번에 걸쳐 당당하게 무력 대결을 감행해야 했고 동맹국인 신라와의 약속을 어기고 항복한 백제와 고구려의 옛 땅을 독식(獨食)하려는 당의 침략 야욕을 보기 좋게 좌절시키는 데 성공했으니까요.

그리고 고구려의 11대 동천왕(재위 227~248) 때만 해도 중원대륙의 남해안에 있던 손권의 오(吳)나라와 동맹을 맺고 위(魏)와 연(燕)을 공격했던 일도 있습니다."

"그럼 고려는 언제부터 그렇게 약소국이 되었습니까?"

"고려는 동족 국가인 발해가 거란족에 의해 멸망되었을 때도 속수무책이었고, 뒤이어 거란족의 요(遼), 여진족의 금(金), 몽골족의 원(元)에 의해 잇달아 침략을 당했을 때도 외국의 도움을 받을 형편도 아니었지만 오직 단독으로 이들 강적들과는 군사력과 지혜로 맞설 수밖에 없었습니다.

그리고 조선왕조 때는 임진왜란에 뒤이어 여진족이 세운 청(淸)과의 병자호란의 삼전도(三田渡) 치욕을 감수해야 했고, 서세동점기(西勢東漸期) 이후엔 일본에 의한 조직적이고도 간교한 침략을 당한 것은 누구나 다 아는 일입니다."

"그럼 도대체 우리나라와 같이 강대국 사이에 끼어있는 약소국은 어떻게 처신해야 앞으로도 계속 독립국으로 생존할 수 있을까요?"

"우리 스스로가 환국 배달국 단군조선 때처럼 강대국이 되기 전까지는 오직 하나의 안전한 외교 책략이 있을 뿐입니다."

"그게 무엇입니까?"

"원교근공책(遠交近攻策)책입니다."

"원교근공책이 무엇입니까?"

"모르겠으면 사전을 찾아보세요."

우창석 씨가 지체 없이 옆에 있던 이희승 국어 대사전을 찾아보니 다음과 같이 나와 있었다.

'먼 나라와 친교를 맺고 가까운 나라를 공격하는 일. 중국 전국(戰國) 시대에 범저가 진왕(秦王)에게 진언한 외교 정책.'

이것을 읽어 본 우창석 씨가 말했다.

"전부터 알고 있던 내용인데 머리에 금방 떠오르지 않아서 번거롭게 해드려서 죄송합니다."

"괜찮습니다. 이렇게라도 해서 우리 국민들 중 단 한 사람이라도 더 이 용어를 기억했으면 얼마나 좋으랴 하는 뜻에서 사전을 찾아보게 했을 뿐입니다."

"그럼 이번 기회에 원교근공책이 실제로 역사상에 적용된 사례가 있으면 말씀해 주시겠습니까?"

"어렵지 않습니다. 멀리 갈 것도 없이 지금으로부터 불과 118년 전인 1894년에 발발했던 청일전쟁과 그로부터 9년 후에 있었던 1905년의 러일 전쟁 때 일본이 구사한 외교정책이 바로 원교근공책이었습니다.

1868년의 명치유신으로 본격적으로 서구화의 길로 들어선 작은 섬나라 일본은 이때 멀리 떨어져 있는 초강대국 영국 및 신생 공업국 미국과 밀접한 교류를 하는 한편 코 앞에 있는 거대한 청국과 러시아를 적으로 하여 전쟁을 벌인 결과 두 번 다 승리를 얻어 세계를 깜짝 놀라게 했습니다.

그러나 이때 일본이 영국 및 미국과 동맹을 맺지 않았더라면 이 두 전쟁에서 결코 그렇게 손쉽게 승리를 거둘 수 없었을 것입니다."

"그 이유가 무엇입니까?"

"그때 이들 영국과 미국의 첨단 무기 지원과 각종 정보 제공이 없었더라면 일본이 이길 수 없었을 것이기 때문입니다.

하늘이 도와준 일본의 승리

그리고 도전(道典)을 읽어보면 하늘은 이때 일본이 승리하도록 예정하고 음으로 양으로 지원을 아끼지 않았던 것을 알 수 있습니다. 그 실례로 러시아의 발틱 함대가 영국의 방해로 수에즈 운하를 통과하지 못하고 멀고 먼 아프리카 대륙 남단의 희망봉을 돌아야 했습니다.

지구를 거의 한 바퀴나 도는 장기간의 항해로 피로에 지친 채 대한 해협에 들어설 무렵 일본 함대 쪽에 유리하게 동남풍이 불게 하려고 증산 상제님이 몇 명의 제자들과 더불어 49일 동안 동남풍 공사를 시행하는 자세한 얘기가 나옵니다.(도전 5편 53장)

일본이 청국과 러시아를 이긴 이면에는 이러한 하늘의 도움이 작용하고 있었던 것을 알 수 있습니다. 그러나 그 후 일본제국은 방금 전에 말한 두 번의 승리에 도취하고 자만하여 영국과 미국 그리고 세계 여론을 무시하고 만주를 통째로 삼킨 뒤에 만주국이라고 하는 일본의 괴뢰국으로 만들었습니다.

이것도. 모자라 중국 본토를 침공하고 뒤이어 미국의 태평양 함대 기지인 진주만 기습을 감행함으로써 배사율(背師律)을 어기고 강행된 미국과의 전쟁 끝에 1945년 7월에 히로시마와 나가사끼에 각각 한 개씩의 원자탄을 맞고는 연합군에게 무조건 항복을 함으로써 일본제국은 허망하게 망해버리고 말았습니다.”

"그럼 세계 역사상 원교근공책을 이용하지 못하여 나라가 망하든가 국란을 겪든가 속국이 된 예는 없습니까?"

폴란드의 수난

"그런 나라들이 왜 없겠습니까? 원교근공책을 구사하지 못했던 폴란드를 그 실례로 들 수 있습니다.

폴란드 역사는 10세기에 시작되어 여러 왕조를 거쳐 오다가 연합 왕조인 야기에오를 거쳐 16세기 말에는 유럽의 곡창 지대로 최대 전성기를 누렸고 1772년, 1793년, 1795년 세 차례에 걸쳐서 러시아·오스트리아·프로이센 삼국에 의한 영토 분할을 당한 끝에 1795년에는 끝내 망국을 초래했습니다.

그 후 제1차 세계대전을 거치면서 연합국에 의해 나라가 망한 지 146년 만인 1918년 독립국가가 된 이후에는 1939년까지 독립을 유지했습니다.

그러나 제2차 세계대전이 발발하자 나치 독일 및 소련의 점령 통치를 받았고 종전 후에는 공산당 정부가 수립되어 정권을 유지하다가 1980년 자유노조 운동이 일어나 1989년 민주정부 체제가 수립되었습니다.

한때는 146년 동안이나 나라 없는 설움을 겪은 끝에 폴란드는 1989년에 민주 정부가 수립되자 진즉 원교근공책을 이용하지 못한 것이 후회가 되었던지 지금은 미국과 견고한 동맹을 맺고 미국이 주도하는 IS 반란군 소탕 연합 작전에도 다른 나라들보다 더 많은 군대를 파견하는 등 열심히 뛰고 있습니다.

이 밖에도 핀란드와 우크라이나 같은 나라들이 있으나 비슷한 점들이 많아서 생략하겠습니다."

"그럼 청국, 러시아, 일본과 같은 강대국들에 둘러싸여 있던 약소국인 우리나라는 지금 어떻게 해야 하는지 알고 싶습니다."

"지정학적인 이점 때문에 서세동점기에 16세기부터 네덜란드 등과 일찍부터 문물 교류를 통하여 충분한 준비기간을 거친 뒤, 미국에 의해 개국을 강요당했던 나라가 바로 일본이었습니다.

일본은 그들 서방 강국들을 본 따 무력을 앞세워 아무 준비도 없는 우리나라에 1876년에 불평등하기 짝이 없는 치외법권을 인정하는 강화도 조약 체결을 강요했습니다.

그 후 미국, 영국, 프랑스 등과도 일본과 비슷한 불평등 조약을 체결함으로써 외세에 의해 얼떨결에 우리나라는 힘없는 약소국의 모습으로 순전히 강압적으로 개국을 당하지 않을 수 없게 되었습니다.

개국된 지 18년 후에 조선의 지배권을 놓고 청국과 일본 및 러시아 사이의 각축전인 청일전쟁과 러일전쟁에서 일본이 승리했습니다. 그리고 한국은 1905년 을사륵약(乙巳勒約)이라는 보호조약으로 일본에게 외교권을 강탈당했고 1910년 드디어 일본의 식민지가 되었다가 1945년에 35년 만에 해방이 되었음은 누구나 다 아는 일입니다."

"그렇다면 우리나라는 그렇게 아무 준비도 없는 가운데 나라를 빼앗기고도 그 당시에는 아무도 원교근공책을 추구하지 못했다는 말씀인가요?"

"그렇지 않아도 친한파 미국인 호머 헐버트 같은 한국에 살고 있던 외국 인사는 주변의 국내 인사들에게 원교근공책을 권장했습니다.

결국 이 말을 전해들은 고종황제는 헐버트를 밀사로 1905년 시어도어 루즈벨트 미국 대통령에게 파견하여 조선이 일본의 손에 넘어가지 않게 도와 달라고 간곡하게 호소했지만 결국 실패하고 말았습니다."

"왜요?"

"그때 이미 미국과 일본 사이에는 태프트-가즈라 비밀협정이 체결되어 있어서 조선은 일본이, 필리핀은 미국이 사이좋게 나누어먹기로 비밀협정이 체결되어 있었기 때문이었습니다.

그 후 태평양 전쟁으로 일본이 연합군에게 무조건 항복을 함으로써 한국은 35년 만에 일제 치하에서 해방이 되었고 1948년에 대한민국 정부가 수립되었지만 북한군의 6.25 남침을 거쳐 오늘에 이르렀습니다.

그런데 특이하게도 이승만 대통령에 의해 6.25 벽두부터 미국을 상대로 한 원교근공책이 거의 자동적으로 시행되었습니다."

"어떻게 말입니까?"

이승만의 외교

　"아무런 전쟁 준비도 없다가, 소련과 중공의 적극적이고 계획적인 원조를 받은 김일성 군대의 남침전쟁으로 다급해진 이승만 대통령으로서는 얄타 협정 때부터 소련과 함께 한국 분단의 책임이 있는 미국에게 전적으로 의존할 수밖에 없었습니다.

　그 첫 번째 조치가 6.25 직후 임시수도 부산에서 미 극동지구 총사령관인 맥아더 원수에게 편지 한 통으로 한국군의 전시 작전지휘권을 넘겨준 사건입니다. 이 일은 중간에 논란은 있었지만 우여곡절 끝에 정식으로 한미 상호방위조약으로 발전되어 지금까지 유효합니다. 그리고 현재도 우리나라 외교 정책의 근간을 이루고 있습니다."

　"그런데 이번에 사드를 둘러싸고 우리나라의 전통적인 원교근공책에 이의를 제기하는 사람들이 나타났습니다.

　그 때문에 외교가 무엇인지도 모르는 야당 초선 의원 6명이 자의로 정부의 반대를 무릅쓰고 중국을 다녀오는가 하면 김대중 노무현 정부 때의 정세현 전 통일원장관은 '한국이 사드를 철회할 때 미국이 보복을 한다면 중국과 손잡으면 된다'고 말했습니다."

줄타기 외교

"그 기사는 나도 읽어보았는데, 그의 의중은 미국과 중국의 중간에 서 있는 한국이 양쪽을 다 믿을 수 없을 때는 중국과 소련이 대립하여 다툴 때 북한이 이들 두 나라 사이에서 팽팽한 줄타기 외교를 하여 양쪽에서 동시에 이득을 챙기곤 했는데 정세현 전 장관은 외교는 그렇게 해야 한다고 훈수를 두고 있었습니다.

실제로 북한은 그렇게 하여 중국과 소련 사이에서 동시에 이득을 얻기도 했지만 그것은 양쪽에서 동시에 불신을 사기도 하여 항상 불안하고 위태하기 짝이 없습니다.

우리가 만약에 강대국들 사이에서 북한처럼 줄타기 외교만 했다면 그때그때 일시적인 이득은 얻을 수 있었을지 몰라도 산업화와 민주화와 같은 항구적인 국가 변혁을 성취하는 선진국의 길을 개척하지는 못했을 것입니다. 이것은 미국 같은 동맹국에 대한 철석같은 신뢰와 물질적 정신적 지원이 없이는 불가능한 일이기 때문입니다.

대인 관계에서도 법보다는 주먹이 더 가깝다는 격언이 있습니다. 우리보다 힘이 강한 지리적으로 인접한 강대국과 친하게 지낸다는 것은 결과적으로 그 나라에 대한 일종의 굴종을 의미합니다.

따라서 이러한 이웃 강대국과의 진정한 의미의 친선 관계는 힘의 균형이라는 전제하에서만 가능하다는 것을 역사는 보여주고 있습니다.

그렇지 않으면 고려나 조선왕조나 아니면 해방후의 북한처럼 소련이나 중국의 번국(藩國)으로 연명하든가 아니면 구한국처럼 이웃 강국인 일본에 먹혀버리는 운명을 피할 길이 없게 되어 있습니다. 이것은 우리의 과거사가 보여주는 생생하고도 냉엄한 현실이요 교훈입니다.

일본 역시 이웃 강국인 중국이나 러시아를 감안하여 개국 이후 태평양 전쟁 기간을 빼고는 단 한번도 중국과 러시아라는 이들 두 이웃 강국들보다 더 막강한 영국이나 미국과의 원교근공책(遠交近攻策)을 줄곧 추구하지 않은 적이 없습니다.

따라서 우리나라가 삼국통일 시기의 신라나 고구려 전성기 그리고 단군조선, 배달국, 환국(桓國)과 같은 강대국의 국력을 회복할 수 있을 때까지는 원교근공책(遠交近攻策)에서 잠시라도 이탈한다는 것은 두 번째 망국을 초래하는 지름길이 될 수도 있습니다.

최근 중국에 다녀온 6명의 초선 야당위원들과 오로지 중국과의 친교만을 줄곧 강조하는 철없는 야당의원들은 요즘 베트남이 어떻게 나오고 있는가 하는 것을 주목할 필요가 있습니다.

중국의 원조로 미국과의 전쟁에서 승리함으로써 공산 통일을 달성한 월맹이 무엇 때문에 지금 와서 중국을 저버리고 미국과의 동맹을 활발하게 추구하고 있는지 바르게 알아야 할 것입니다.

베트남이 미국과의 동맹을 추구하는 것은 남중국해에서의 국토분쟁으로 막강한 중국에 예속당하지 않기 위해서는 불가피한 조치라는 것은 삼척동자들도 다 아는 일이건만 한국의 야당 국회의원들만 그것을 모르고 설치고 있으니 이 얼마나 한심한 일입니까?

역사상 두 번째로 망국의 설움을 당하지 않기 위해서라도 우리는 그야말로 정신을 똑바로 차려야 할 것입니다."

5차 핵실험

2016년 9월 10일 토요일

삼공재에서 수련하던 한 중년 여자 수련생이 말했다.

"선생님 어제 즉 북한 정권 수립 명절인 9·9절인 9월 9일, 오전 9시에 맞추어 북한은 그전에는 3년 주기로 실시해오던 핵 실험을 이번에는 겨우 8개월 만에 5차 핵실험을 감행했습니다.

이 사실이 발표되자 우리나라는 말할 것도 없고 온 세계가 발칵 뒤집혔습니다. 동남아에서 열린 국제회의에 참석하고 있던 박근혜 대통령은 일정을 단축하고 급거 귀국하는 등 사태가 긴박하게 돌아가고 있습니다.

김정은은 무엇 때문에 이렇게 핵 실험을 가속화하려고 광분하는지 모르겠습니다. 선생님께서는 그 이유를 혹 아십니까?"

"그동안 핵과 미사일 개발을 중단하라는 유엔 안보리와 온 세계의 거듭된 요구를 무시해 온 데 대한 보복으로 북한에 대한 각종 제재가 가중된 데다가 요즘은 북한의 중견 이상의 간부급 인력들에 이르기까지 탈북 사태가 빈번해지면서 초조해진 김정은이 핵과 미사일만 거머쥐면 미국과 담판하여 남한에서 미군을 철수시킨 뒤에 41년 전 북베트남 즉 월맹(越盟)처럼 공산 통일을 일거에 성취할 수 있다는 망상에 사로잡혀 있기 때문입니다."

"그렇다면 선생님이 보시기에 이번 사태를 어떻게 하면 해결할 수 있으리라고 보십니까?"

"가장 손쉬운 방법은 중국이 1991년 공산권 경제가 무너진 후 지금까지 25년 동안 북한에 무상 지원해 온 원유 공급을 단호하게 중단해버리는 겁니다. 그렇게 되면 북한 내에서는 핵과 미사일 개발은 말할 것도 없고 일체의 차량과 기계의 작동이 올 스톱되지 않을 수 없게 될 것입니다.

안보리 제재로 지금 북한은 중국 이외에서는 그 어디서든지 유류를 구할 수 없게 되어 있으니까요. 그렇게 되면 가장 평화적으로 손쉽게 북한 핵과 미사일 개발은 중단되고 말 것입니다."

"그런데 왜 중국은 그렇게 하지 않죠?"

"중국은 그렇게 함으로써 극단적으로 반미적인 북한이 붕괴되는 것이 자국의 이익에 합치되지 않는다고 보기 때문입니다."

"그럼 국익을 위해서라면 유엔회원국이면서도 유엔 헌장을 위반한 전대미문의 인권 탄압 국가이고 잔인무도한 깡패 국가라도 못 본 척하고 계속 보살펴 주는 것이 미국과 함께 세계를 이끌어나간다는 소위 G2 국가인 중국이 할 수 있는 일일까요?"

"유감스러운 일이지만 그것이 엄연한 국제 정치의 현실이니 어떻게 하겠습니까?"

"그럼 그 다음으로 북한의 핵과 미사일 개발을 중단시킬 수 있는 방법은 없을까요?"

"최근에 미국의 민간 전략문제 연구소인 스트렛포(STRATFOR)에서 발표한 핵시설에 대한 초토화 작전이 있습니다."

"그 골자는 무엇입니까?"

"최첨단 스텔스 기능이 있는 전투폭격기 B-2 10대, F-22 24대 등 총 34대가 북한 상공에 출격하여도 북한의 대공 레이더에 잡히지 않으므로, 공대지 미사일 600발이면 북한의 핵과 미사일 시설 일체를 완전히 초토화시킬 수 있다고 합니다.

그 외에도 괌 기지에서 2시간이면 한국에 도착할 수 있는 B-1B 중폭격기의 활약 등이 있을 수 있습니다. 그들은 북한 영공에 들어가지 않고도 동해나 서해 그리고 휴전선 남쪽에서도 능히 북한의 핵과 미사일 시설들과 지휘부들을 쑥밭으로 만들어버릴 수 있다고 합니다.

미국은 1994년에도 영변 핵시설을 폭격할 계획을 세웠었지만 김영삼 대통령이 한반도를 방사능으로 오염시키는 것을 결사반대하는 통에 철회된 일이 있었습니다.

그러나 이스라엘은 실제로 자국에 위해(危害)를 줄 수도 있는 시리아의 핵시설을 초토화 한 일이 있습니다."

"그럼 그 후 시리아와 이스라엘 사이에는 아무 일도 없었습니까?"

"그럼요."

"왜 그랬을까요?"

"시리아는 이스라엘 공군을 제압할 능력이 없었기 때문입니다."

"그렇다면 이번에 미국은 스트렛포식 초토화 작전을 실천해 볼 만하지 않을까요?"

"동감입니다. 미국이 못 하겠다면 한국과 일본이라도 함께 해 보
든가 아니면 한국이나 일본 단독으로라도 이스라엘처럼 해 볼 만한
일입니다.

왜냐하면 한국과 일본은 다 같이 북한 핵과 미사일의 위해를 받을
가능성이 가장 농후하면서도 이스라엘처럼 북한엔 없는 막강한 공군
력과 해군력을 가지고 있기 때문입니다.

그러나 이 일만은 북한이 핵탄두의 소량화 다량화와 각종 미사일
실험에 성공한 다음에는 하고 싶어도 못할 수 있는 일이므로 서둘러
야 할 것입니다."

"그 외에는 어떠한 대비책이 또 있을 수 있습니까?"

"새누리당과 국민들 일부에서 꾸준히 주장되고 있는 대로 우리도
핵무장을 하자든가 1990년 조지 부시 행정부 때 철수된 전술핵무기
를 다시 들여오자는 움직임이 있습니다.

주권 국가로서 당연히 그렇게 할 권리가 있기는 하지만 NTP 즉
비핵화협정에 가입한 우리가 미국을 비롯한 우방국들의 만만찮은 반
대와 그들로부터 가해지는 각종 경제 제재의 고통을 감내할 수 있을
지 의문시되고 있습니다.

그리고 요즘은 한반도에 가까운 괌 기지로부터 30분 내에 평양
상공에 도달할 수 있는 핵폭격기 B-2 스텔스가 있고 미 본토 배치
미니트맨 대륙간 탄도탄 미사일 등과 서태평양 미 7함대 소속 오하
이오급 잠수함 발사 미사일이 있어서 한국이 구태여 따로 핵을 소유
한다든가 반출되었던 전술핵을 다시 반입할 필요가 없어졌습니다.

더구나 선진 20개국 그룹 안에는 한국보다도 더 부강하면서도 핵무장을 하지 않은 나라들이 수두룩합니다. 이들 선진국들이 핵무장을 할 능력이 있으면서도 그렇게 하지 않는 것은 미국, 영국, 프랑스, 중국, 러시아, 인도, 파키스탄, 이스라엘 같은 기존 핵무기 소유국들이 자기네들을 무시하고 국제 분쟁을 끝까지 핵으로만 해결하려고는 하지 않을 것이라는 확신을 가지고 있기 때문입니다."

"그 외에는 다른 대비책은 없습니까?"

"미국이 중동에서 성공한 일이 있는 적의 수괴에 대한 참수(斬首) 작전이 있습니다. 우리 국방부 안에서도 계획되고 있는 일이기도 합니다."

"그 외에는 또 어떤 대비책이 있을 수 있습니까?"

"핵무기 발사 징후가 포착되었을 경우 북한의 지휘부가 있는 평양의 특정 구역을 차례로 선정하여 완전히 초토화시킴으로써 적의 지휘부를 아예 제거해버리고 점차로 북한 현 정권의 소멸이나 교체를 시도하는 방법도 있습니다.

그러나 그럴 경우 평양은 지도에서 사라지고 막대한 인명 피해가 예상됩니다. 그리고 김정은이 아무리 미치광이에 가까운 인간이라고 해도 자기 목숨 아까운 것만은 알고 있을 것이므로 함부로 핵 단추를 누르려 하지 않을 것입니다. 따라서 핵 전쟁은 어느 모로 보나 그렇게 가볍게 일어나기는 어렵게 되어 있습니다.

유비무환(有備無患)

그래서 1945년 8월 6일 히로시마와 나가사키에서 핵폭탄이 터져 30만명의 인명이 한 순간에 희생된 이후 지금까지 미국에 뒤이어 러시아, 중국, 영국, 프랑스, 인도, 파키스탄, 이스라엘 등 8개국이 핵보유국으로 등장했지만 지금까지 72년 동안 핵전쟁은 단 한 건도 재발되지는 않았습니다.

그 파괴력이 워낙 막강하고도 치명적이기 때문에 인류 전체가 공멸할 우려가 있기 때문입니다."

"그래도 극즉반(極卽返)이요, 오르막이 있으면 반드시 내리막이 있는 것이 자연과 우주와 인간 사회가 돌아가는 이치가 아니겠습니까?"

"옳은 말씀입니다. 그러나 극과 극의 대치라는 것도 한 두 해도 아니고 72년이라는 장구한 세월을 아무 이상 없이 견딜 수 있었다면 그것은 이미 그것대로의 타성이 붙고 거기서 파생되는 극단과 극단의 대치를 초월하여 일상생활의 일부가 되어 버리게 되는 것이 아니겠습니까?"

"그렇습니다. 지구상에는 누구든지 한번 빠지면 뼈도 못 추리는 시뻘건 용암이 용솟음치는 화산구가 있어서 그 근처에는 누구도 접근하기를 꺼리게 되어 있는 것과도 같습니다.

핵전쟁으로 인한 피해는 비록 미치광이라 해도 자기 목숨 아까운 것을 아는 한 그 누구라도 그 용암 구렁텅이에 함부로 접근할 수 없게 하는 것과 같다고 할 수 있습니다."

"그렇다면 지구상에서는 히로시마와 나가사끼를 끝으로 핵전쟁은 사실상 재발할 가능성은 거의 없는 것이 아니겠습니까?"

"꼭 그렇지만은 않습니다. 김정은이 같은 예측 불가능한 정신병자가 한 나라의 운명을 완전히 틀어쥐고 좌지우지 한 일은 아직 인류 역사상 없었을 뿐입니다. 그것을 보면 이 우주에는 우주를 지배하는 우주의식이 있는 것이 아닌가 합니다.

역사를 살펴보면 광인이 폭정을 하면 반드시 그 반대 세력이 등장하여 바로 그 광인 군주를 내어쫓게 되어 있었기 때문입니다. 멀리 외국의 예를 들 필요도 없이 우리나라의 궁예(弓裔)와 연산군(燕山君), 광해군(光海君) 같은 사례가 있지 않습니까?"

"그렇다고 해서 그러한 요행만을 바랄 수도 없는 일이 아니겠습니까?"

"그래서 그러한 불행을 사전에 막기 위해서 유비무환(有備無患)의 자세가 필요하지 않을까요. 그 때문에 인간의 두뇌가 짜낼 수 있는 온갖 대비책을 밤낮을 가리지 않고 계속 강구해내야 할 것입니다.

그렇게 하려면 어느 한 책략에만 매달릴 것이 아니라 이중 삼중의 만능 대비책을 끊임없이 창출해내야 합니다."

"그것이 무엇입니까?"

"우선은 지금까지와 같이 미국을 주축으로 한 핵 우산을 믿되 그 핵 우산 밑에 사는 나라들은 각자 창의적으로 살길을 추구하는 겁니다.

우리나라의 경우 비록 미국의 핵 우산 혜택을 뜻 밖에도 못 받게 되는 경우 어떻게 할 것인가? 북한 핵을 강타할 수 있는 각종 비장의 무기들을 임진왜란 때의 이순신 장군처럼 여기저기에 숨겨놓는 겁니다.

예를 들면 이순신 장군이 구사했던 포병전법, 학익진법, 거북선 용선법, 노량 전법 따위나 각종 레이저 광선으로 핵무기를 무력화하는 우리에게 적합한 각종 무기와 전략들을 개발해야 할 것입니다.

각기 여건에 따라 각군이 서로 협조해 가면서 훈련을 쌓아 둠으로써 우리에게 유리한 환경들을 미리 조성해 놓아야 합니다.

우리의 육해공군이 서로 협조하여 끊임없이 창의력을 구사하면 반드시 살길이 열리게 될 것입니다.

고구려군은 당군(唐軍)이 쳐들어온다는 소문이 떠돌기 시작하면 즉시 세작(細作)들을 파견하여 적의 모병 체계를 알아내어 결사대를 당 나라 내부 요소요소에 파견하여 아예 모병 자체를 할 수 없게 적의 행정 조직과 기구 자체를 파괴하고 마비시켜버렸다고 합니다."

"그러나 그들의 후손인 우리는 최근에 북한의 무인기들이 5차례나 청와대 근처에 접근하여 각종 정보들을 수집해 갔건만 무인기를 격추하는 데 꼭 필요한 벌컨포가 없어서 이들 무인기들을 하나도 격추시키지 못한 채 고스란히 살려서 돌려보냈다는 신문 보도가 나오고 있습니다.

고구려군의 선제 작전에 비하면 그 후손인 우리는 차려준 밥상도 제때에 못 찾아 먹고 제 발로 걷어찬 꼴이 되었습니다."

모든 것이 내 탓

2016년 10월 11일 화요일

우창석 씨가 말했다.

"어제 우연히 집에서 『선도체험기』 1권을 뒤져보다가 선생님께서 지금도 하고 계시는 선도 수련을 시작하신 날이 1986년 1월 28일이라는 것을 알게 되었습니다. 그러고 보니 그때가 지금으로부터 꼭 30년 전 일이었습니다. 그동안 온갖 우여곡절을 겪으면서도 『선도체험기』 시리즈가 112권이나 시중에 나갔습니다.

선생님은 그 시리즈를 읽은 많은 독자들에게 그동안 수 없는 개안(開眼)과 깨달음을 선물해 주었을 것이라고 생각됩니다.

독자들은 그렇다 치고 그동안 그 책을 직접 써 오시는 동안 선생님께서는 어떠한 변화를 겪으셨는지 간단하게 한 말씀 해 주실 수 있겠습니까?"

"이런 종류의 모든 책이 그렇듯 이 책도 인간의 변화하는 삶의 내용들을 기록한 것입니다. 한 말로 나와 남 사이에서 벌어지는 인간관계의 내용을 기술한 것에 지나지 않습니다. 이렇게 볼 때 지난 30년 동안의 선도 수련에서 내가 얻은 가장 뚜렷한 성과라면 대인(對人) 관계에서 나에게 과해진 불리한 모든 여건은 알고 보면 모두가 다 내 탓이었다는 것입니다."

"그래요? 어쩐지 그 말씀은 누가 들어도 수긍이 갈만큼 보편타당성이 있는 말씀으로는 들리지 않습니다."

"아니, 왜요?"

"만약에 선생님이 오래간만에 찾아가시는 손주에게 주시려고 요 앞 슈퍼에서 과자를 한 상자 사 들고 나오시다가 오토바이 들치기 범에게 낚아챘다면 그것도 선생님 탓입니까?"

"그렇고말고요."

"왜요?"

"오토바이 들치기 범을 미리 대처하지 못했기 때문입니다."

"만약에 어떤 점잖은 신사가 전철 칸에서 선생님 발등을 밟고도 미안하다는 사과는커녕 도리어 두 눈을 부라렸다면 어떻게 하시겠습니까?"

"그가 내 발등을 밟게 만든 내 발이 하필이면 그 시간에 그 곳에 있었기 때문에 그가 보기에 그건 내 책임으로 생각될 수 있으므로 내가 먼저 겸허하게 사과할 것입니다."

"역시 모든 것이 내 탓이시군요. 그렇게 생각하면 그 한 마디에 모든 수행자들이 수천 년 동안 추구하여 온 구도의 핵심이 농축되어 있는 것 같습니다. 그리고 덧붙여서 모든 것은 마음먹기나 생각의 차이에 달려 있다는 말 역시 맞는 것 같습니다."

"그렇고말고요. 만사를 남의 탓으로만 돌린다면 남들에 대한 원망은 자꾸만 커져서 마침내 하늘을 찌르게 될 것이고 불편한 심사 역시 한없이 쌓여만 갈 것입니다. 그렇게 되면 원망하는 사람은 무엇보다도 마음이 편치 못할 것입니다.

이것은 분명 마음의 평안을 추구하는 구도의 목적과도 어긋나게 됩니다. 따라서 이 문제를 해결할 수 있는 유일한 길은 대인관계에서 나에게 불리한 일체의 사건은 전부 다 내 탓으로 돌릴 수밖에 다른 방법이 없습니다."

"선생님, 이것을 대인 관계뿐만 아니라 국가 대 국가나 남북 관계에 적용하면 어떻게 될까요?"

"국가를 비롯한 모든 이익 집단은 이익 추구를 목표로 하기 때문에 구도와는 다릅니다. 이익 추구를 위해서는 마음의 평안 같은 것은 고려의 대상이 될 수 없기 때문입니다.

그러나 개인 대 개인, 개인 대 집단의 관계는 그렇지 않습니다."

"그럼 어떻게 다릅니까?"

"그런 때는 이 우주 내의 모든 것을 하나로 보면 됩니다. 사실이 그렇습니다. 하나는 전체고 전체는 하나니까요."

건강은 어떻습니까?

2016년 10월 22일 토요일

참선하던 한 수련생이 물었다.

"선생님 요즘 건강하시죠?"

"왜 그런 걸 묻습니까?"

"그렇지 않아도 어딘가 요즘 좀 수척하신 것 같기도 하고 선생님의 건강을 걱정하는 수련생들도 있어서 여쭈어 보았을 뿐입니다."

"요즘 수련생들 중에는 내 건강을 걱정하는 분들이 있는 모양인데 난 아직은 아무 일 없습니다."

이때 다른 수련생이 말했다.

"머리 위에 백회가 솟아오르고 미릉골(眉稜骨)이 앞으로 튀어나오고 관자놀이가 선생님처럼 옆으로 불거진 사람은 무병장수한다는 말이 있는 걸 보면 분명 오래 사실 것입니다. 선생님께서는 어떻게 생각하십니까?"

"그러한 관상 얘기는 자주 들어왔지만 사람의 수명은 관상보다는 그 밖의 여러 가지 요인들이 작용한다고 봅니다."

"어떤 요인들이 있을까요?"

"첫째로 건강을 위하여 각자가 스스로 얼마나 노력하는가, 즉 인과응보와 자업자득의 이치를 일상생활화 하는 것이 수명에는 결정적인 원인으로 작용한다고 봅니다.

그것은 생활수준이 높은 나라일수록 평균수명이 긴 것만 보아도 알 수 있습니다."

"왜 그럴까요?"

"생활수준이 높을수록 국가와 개인들이 건강에 깊은 관심을 기울일 것이기 때문입니다.

두 번째로는 하늘의 사명을 받고 이 세상에 태어난 사람은 그가 사명을 완수하면 떠난 자리로 되돌아간다고 합니다. 이것 역시 큰 틀에서 보면 인과응보입니다.

이렇게 볼 때 수명이 길고 짧은 것은 다른 누구의 탓도 아니고 바로 각자 자신에게 달려 있습니다."

이때 한 여자 수련생이 말했다.

"삼공재에 규칙적으로 나오는 수행자들은 혹시 선생님께서 타계하신다면 삼공재 수련은 어떻게 되나 하는 현실적 문제를 제일 우려하는 것 같습니다."

"구도자는 내가 이 세상에 태어나기 전에도 있었고 지금도 있고 앞으로도 있을 것입니다.

내가 떠나버린다면 삼공재 수련자들에게 당장은 아쉽겠지만 시간이 흐르다 보면 나보다 더 나은 대타(代打)가 등장할 수도 있을 것입니다. 공부할 의지가 중요한 것이지 배우려는 제자가 있는 한 스승이야 언제든지 그들을 맞이할 준비를 하고 있을 것입니다."

최순실 우병우 게이트

2016년 10월 25일 화요일

우창석 씨가 말했다.

"24일 국회에서 박근혜 대통령은 2017년 임기 안에 헌법 개정을 끝내고 다음 임기부터는 개정된 헌법에 따라 만들어진 정부가 들어서게 하겠다면서 최순실 사건에 대하여 국민에게 사과했습니다.

1987년에 헌법이 개정된 후 노태우, 김영삼, 김대중, 노무현, 이명박, 박근혜 정부에 이르는 여섯 번의 정권 교체가 있었습니다.

그 정권 교체가 선진국들에서처럼 순조롭고 합리적으로 진행되었더라면 아무 문제가 없었겠지만 한국에서는 국가정책의 일관성과 백년대계는 간 곳 없고 각 정권 사이의 연속성이 장어가 탕 요리할 때처럼 토막토막 잘려나가기 일수입니다.

그래서 정권 교체 때마다 첨단 기술력이 축적되어야 할 가장 중요한 경제 정책만 해도 이전 정부에서 의욕적으로 추진해 오던 것을 마치 점령군이 피점령국 정부 재물을 압수라도 하듯이 가혹하게 그 맥을 잘라내 버렸습니다.

그 결과 그로 인하여 천문학적인 국고 손실은 이루 말할 것도 없고 국민들의 허리만 갈수록 휘게 만들었습니다. 이로 인해 우리나라를 바싹 뒤쫓아 오던 중국은 한국의 경제정책을 그대로 이어 받아

연속적으로 일관성 있게 추진한 결과 우리나라의 기술력을 추월하는 사태까지 초래했습니다.

이러한 작태는 경제 분야뿐만 아니라 인사 분야까지도 파급되어 실례로 김대중 정부는 최말단 공무원인 동장이나 파출소장까지 깡그리 호남출신으로 갈아치우기까지 했습니다.

그리고 노무현 전 대통령은 자신의 경제 정책과 맞지 않는다고 하여 정부 내에서 '경제 성장' 운운하는 말을 입에 올리는 공무원들은 모조리 다 파면시켜버리는 괴상야릇한 폭거를 자행하기까지 했습니다.

헌법 개정으로 이러한 비리까지 사라지게 된다면 여야를 막론하고 온 국민들이 쌍수를 들어 환영할 일입니다.

야당 역시 헌법 개정은 찬성하지만 이로 인하여 지금 온 국민의 시선이 잔뜩 쏠려 있는 '최순실 파동'을 무산시켜 보자는 의도가 아닌지 의심하고 있습니다. 선생님께서는 이 문제를 어떻게 생각하십니까?"

"그 말을 들으니 마치 아파트 동 안에 감쪽같이 숨어 들어온 것으로 보이는 도둑을 잡으려고 온 아파트 입주자들의 주의가 쏠려있는 판인데 숨어든 도둑들과 관련이 있는 것으로 보이는 그 아파트 관리소장은 아닌 밤 중에 홍두깨 격으로 아파트 터가 나빠서 그런 일이 생겼으니 차라리 이 기회에 아파트 동 전체를 허물고 새로 터를 잡아 옮겨 짓자고 서둘러대는 형국입니다.

입주자들이 보기에 아파트를 옮겨 짓는 일은 아무리 생각해 보아도 도둑 잡는 것만큼 발등에 떨어진 불처럼 다급한 일은 아닙니다.

그와 마찬가지로 당장 급한 일은 온 국민의 관심이 집중되어 있는 '최순실, 우병우 의혹'이라는 국정 농단(壟斷)이 될 수도 있는 발등에 떨어진 불입니다.

게다가 최근 발견된 최순실 문건 파일에는 발표 2, 3일 전에 입수된 것으로 보이는 대통령의 미발표 연설문이 44개나 저장되어 있을 뿐만 아니고 높이가 30cm씩이나 되는 청와대 각 부처에서 나온 문건들에는 빨간 글씨로 고치고 첨삭된 부분들이 보인다는 것입니다.

대통령의 발표문들이 이처럼 비선 실세에 의해 요리되고 첨삭되는 동안 그 능력과 재주가 출중하여 규정된 절차를 밟아 정식 공무원으로 기용된 기라성 같은 대통령 비서진들은 도대체 어디서 무엇을 하고 있었을까요?

더구나 권력 실세로서 '(좌)순실, (우)병우'라는 소리까지 사람들의 입에 오르내리고 있는 마당에 최순실의 비리를 캐는 검찰은 우병우 민정수석의 지휘를 받고 있다니 지나가는 소가 들어도 포복절도(抱腹絶倒)할 만화가 아닐 수 없습니다."

"그래서 그런지 요즘 박근혜 대통령의 인기는 계속 하락일변도라고 매스컴들은 보도하고 있습니다. 엊그제 26%였는데 오늘은 14%로 계속 곤두박질치고 있습니다. 이렇게 나가다간 정권 말엽의 노무현 전 대통령을 닮아가는 건 아닌지 모르겠습니다."

"설마 그렇게까지는 되지 말아야겠죠."

"어떻게 하다가 그렇게까지 인기가 떨어졌죠?"

"무소불위의 권력을 휘두르는데 자제(自制)를 모르면 누구나 그렇게 되게 되어 있습니다. 아닌 게 아니라 정권을 내놓은 지 얼마 안되어 그는 고향의 부엉이 바위에서 '누구도 원망하지 말라'는 유서 한 장을 남겨놓고 풍우와 같은 극적인 한 평생을 스스로 마감하고 말았습니다."

"그래서 사람의 앞일은 하느님 외에는 아무도 알 수 없다고 하지 않습니까?"

"옳은 말씀입니다."

'최순실 대통령 박근혜 부통령'

2016년 10월 26일 수요일

"그렇다면 '최순실 대통령에 박근혜 부통령'이라는 야유까지 떠도는 판이니 박근혜 대통령은 앞으로 어떻게 해야 이 수렁에서 벗어날 수 있겠습니까?"

"무엇보다도 긴급한 일은 지금 독일에서 자취를 감춘 최순실 모녀를 국내에 데려다가 조사하여 실상을 정확하게 국민들에게 밝히는 겁니다.

독일 검찰도 그들의 행방을 쫓고 있다니까 멀지 않아 사건의 실상이 드러나겠죠. 그리고 우병우 민정 수석도 박근혜 대통령만 쳐다보고 멍하니 앉아만 있을게 아니라 그녀가 무슨 비행을 저질렀는지 명명백백하게 밝혀내는데 협조해야 합니다."

"도대체 왜 이런 전대미문의 사건이 한꺼번에 터져버렸을까요?"

"한 나라를 다스려나가는 일을 박근혜 대통령은 마치 아이들 소꿉장난 정도로 너무나도 안이하게 생각한 것이 아닌가 생각됩니다."

"여기서 우리는 어떠한 교훈을 얻어야 할까요?"

"유권자들이 지도자를 잘못 뽑은 것입니다. 5년제 대통령 제도 하에서 노태우로부터 이명박까지 다섯 대통령들을 겪어본 국민들은 어떻게 하면 친인척 비리 없는 보다 유능하고 깨끗하고 유능한 대통령을 뽑을 수 있을까가 화두였습니다.

왜냐하면 이들 다섯 대통령들은 아들과 형들의 비선개입으로 한결같이 무능한 대통령으로 대접을 받게 되었으니까요.

그러나 5년 대통령제 하에서 위에 말한 대통령들은 약속이나 한 듯 한결같이 재임 중에 자신의 아들, 형, 동생 등의 비선 실세 대두로 끔찍한 곤욕을 치렀을 뿐 아니라 무능한 대통령으로 역사에 남는 한을 품게 되었습니다.

그래서 2012년 지난 대선 때 유권자들은 박정희 전대통령의 친딸이고 더구나 미혼으로서 전직 대통령들과는 확연히 결백할 것으로 보이는 박근혜 후보를 선택했습니다.

그녀에게는 여동생과 남동생은 하나씩 있었지만 직접 돌보아야 할 피붙이는 하나도 없습니다. 그리고 국민들이 그녀를 선택한 가장 큰 이유는 그녀의 친 아버지가 박정희 대통령이라는 엄청난 후광입니다.

박정희는 인기도 조사에서 우리나라 역사상 가장 위대한 인물 중에서 언제나 세종대왕을 앞서는 최고의 인기를 누리고 있습니다. 더구나 그는 인사(人事)의 귀재(鬼才)로 널리 알려져 있습니다.

박근혜 후보는 이러한 박정희의 친딸인데다가 1974년에 어머니이고 퍼스트 레이디인 육영수 여사가 조총련의 문세광으로부터 피격당하여 별세한 뒤 5년 동안 영부인 역할을 대행했습니다. 말하자면 현장에서 습득한 통치술을 믿은 것입니다.

이것만 가지고도 국민들은 위에 말한 다섯 대통령들과는 확연히 다를 것으로 생각하게 되었습니다. 그러나 대통령 임기를 아직도 1년

반이나 남겨놓은 이때에 갑자기 최순실 사건으로 유권자들은 철석같이 장땡으로 믿었던 패를 까고 보니 빈 껍질에 지나지 않았다는 허탈감에서 헤어나오지 못하게 만들었습니다.”

“박근혜 대통령의 대국민 사과를 들은 국민들은 아직도 박근혜 대통령은 자신이 무슨 잘못을 저질렀는지 모르고 있다고 하는데, 그럼 도대체 박 대통령은 무슨 잘못을 저지른 것입니까?’

“최순실이 제아무리 선친 때부터 잘 알고 지내던 최태민의 딸이고 당선 전부터 많은 도움을 받았다고 해도 공과 사를 구분 못하고 그녀에게 국가적 기밀이 담긴 문서를 상당 기간 감수하고 수정하는 일을 맡김으로써 그녀가 성인(聖人)이 아닌 이상 치부(致富)를 위해 국정 농단을 자행할 유혹에 빠지지 않을 수 없게 만들었다는 것입니다.

이것이야 말로 헌법을 위반하여 국가 통치 행위를 문란하게 한 씻을 수 없는 크나큰 잘못입니다. 그뿐이 아닙니다. 그것은 또한 고려의 공민왕이 신돈(辛旽)이라는 요승(妖僧)에게 중요한 나라 일을 맡김으로써 국정을 문란하게 했고 마침내 왕권을 약화시켜 결국은 훗날 이성계에게 나라를 통째로 빼앗기는 단초를 제공한 것과도 같은 크나큰 실수일수도 있습니다.

그리고 러시아의 황제 니콜라이 2세가 라스푸틴이라는 일개 민간인에게 국가의 요직을 위임함으로써 공산주의자 레닌의 볼쉐비키 혁명을 가능케 하여 74년 동안이나 수십억의 무고한 국민들을 반동분자로 몰아 작가 솔제니친이 묘사한 시베리아의 ‘수용소군도’라는 강

제 노동 수용소에서 시달리다가 속절없이 굶거나 얼어 죽어가게 만
든 것과 같은 끔찍한 범죄 사건들과 비교할 수 있는 엄청난 잘못입
니다."

"야당에서는 거국 내각을 만들고 박 대통령은 하야해야 한다고 주
장하는데 그렇게 되면 어떻게 되죠?"

유권자들의 경솔한 선택

"나처럼 평범한 국민의 한 사람이 보기에는 헌법에도 없는 절차로 국기를 흔들게 하여 도리어 혼란을 초래하지 않고도 이 위기를 수습할 수 있는 길이 있다고 봅니다.

노무현 대통령이 국회에서 탄핵을 당했을 때도 그에게 일정 기간 그 직을 중단시키고 고건 총리와 같은 유능한 국무총리를 선정하여 위기를 벗어나게 했듯이 거국 내각이나 대통령 하야라는 과격한 방법보다는 보다 충격을 덜 주는 슬기로운 연착륙 방식들을 강구하는 것이 좋지 않을까 생각됩니다.

새누리당과 야당 의원들이 협치만 잘한다면 얼마든지 보다 합법적인 연착륙 방식을 강구할 수도 있을 것입니다."

"이 엄청난 사건을 통하여 우리는 무슨 교훈을 얻었어야 한다고 보십니까?"

"첫째로 지도자에게 있어서 인사는 만사라고 했습니다. 대선 때 국민들이 박근혜 후보를 선택한 것은 인사의 달인(達人)으로 이름난 그녀의 아버지의 후광만을 과신한 나머지 그녀 역시 아버지처럼 당연히 인재를 알아보는 지도자의 자질을 감각적으로 아버지 밑에서 익혔을 것으로 믿고 밀어주었던 것이 결국 유권자들에게는 결정적인 실책으로 부메랑이 되어 되돌아 온 것입니다.

두 번째로 모든 정치인은 공사를 대소변 가리듯 생리적으로 분별해야 되는데 유권자들은 그것을 알아보고 제대로 분별하는 데 실패한 것입니다. 결국 국민들은 인재를 구별할 줄 모르고 공(公)과 사(私)를 제대로 가릴 줄 모르는 후보자를 대통령으로 잘못 선택한 것입니다."

"결국 모든 책임은 인사(人事)와 공사(公私)를 가릴 줄 모르는 박근혜 후보자를 지도자로 선택한 국민들에게 일차적인 책임이 있다는 말씀이군요."

"당연한 일이 아니겠습니까? 모든 권력은 국민에게서 나오는 민주국가에서는 그럴 수밖에 없지 않겠습니까? 그리고 나서 국민의 신임을 받은 국가의 지도자가 그 다음으로 책임을 져야 합니다."

"아무리 그렇다고 해도 박근혜 대통령의 잘못이 과연 김대중 대통령이 핵을 개발하고 있는 북한의 김정일에게 국민 몰래 4억 5천만 달러를 보낸 것보다 더 무거웠을까요?

그리고 노무현 대통령이 김정일과 만난 자리에서 북한을 변호하여 미국과 싸웠고 북방한계선을 북한의 요구대로 인천 앞바다까지 연장해 주고 다음 정부가 바꾸지 못하게 하려고 쐐기를 박았다고 다짐한 것보다 더 무거웠을까요?"

"글쎄요. 아무리 생각해 보아도 그 정도로 큰 잘못은 아닌 것 같습니다."

"그리고 임기 동안에 잘한 일도 있을 것 아닙니까?"

"잘한 일도 분명 있죠. 얼핏 생각나는 것만 해도 종북 성향이 너무나도 뚜렷한 통진당 해산, 전교조 불법화 추진, 한미연합사 해체 무기연기, 좌편향 국사교과서 바로잡기, 대내외적으로 말썽 많던 개성공단 폐쇄 등은 국가 정체성 확립에 기여했다고 봅니다."

최태민 사교(邪敎)

"국민들 중에는 박근혜 대통령의 연설 중에 '무슨 일이든지 간절히 소원하면 우주의 기운이 그를 도와준다'고 말함으로써 그녀가 혹시 사교(邪敎)에 홀린 것이 아닌가 의심하는 사람들이 있습니다.

왜냐하면 이타적인 소원이라면 몰라도 기복(祈福)신앙적 소망이라면 간절히 소망한다고 해서 우주의 기운이 도와준다고 볼 수는 없기 때문입니다.

이기적인 소원을 성취케 하는 것이야 말로 사이비종교와 샤머니즘적 사교의 몫이기 때문입니다. 이 점은 어떻게 생각하십니까?"

"공민왕을 현혹한 신돈이나 러시아의 니콜라이 2세를 홀린 라스푸틴도 사교 신봉자였습니다. 그 문맥으로 보아 박근혜 대통령도 샤머니즘적인 최태민교 신봉자일 가능성이 있습니다.

바로 이 때문에 선진국에서도 사교 또는 사이비 종교와 문고리 권력에 대하여 극도로 민감합니다. 미국에서 결선을 일주일 앞두고 민주당의 힐러리와 공화당의 트럼프의 경쟁에서 최근까지 힐러리가 압도적인 우위였고 누구나 그녀가 승리할 것으로 예상하고 있었습니다.

그런데 국무장관 시절 힐러리의 문고리 권력으로 알려진 후마 애바딘의 컴퓨터 이메일 스캔들을 미 연방수사국이 재수사하게 함으로써 낙승을 예상했던 힐러리에게 큰 타격을 안겨 승패를 예상하기 어렵게 만들었습니다.

우리는 이러한 미 연방수사국의 민활한 움직임을 거울삼아 앞으로 어떠한 문고리 권력 농단도 추호도 용납되는 일이 있어서는 안 될 것입니다."

"그것도 그렇지만 며칠 전까지만 해도 야당 측에서 거국 내각을 제의했었는데, 이제는 여당이 거국 내각을 제안하자 야당이 반대를 하고 있습니다. 야당 측에서는 자기네가 주장한 것을 여당이 주장하자 반대하는 이유가 무엇일까요?"

"이러한 비상시국에 나라 전체를 생각지 않고, 중립내각으로 혼란한 국정이 예상외로 신속하게 잘 수습되면 야당에게 불리하다고 생각하는 얄팍한 집단 이기주의 때문이 아닌가 하는 여론이 일고 있습니다."

"노무현 대통령이 국회에서 탄핵을 당했을 때는 여야가 마음을 합쳐 나라 전체의 이익을 위해 고건 내각을 찬성해줌으로써 위기를 모면케 했건만 이번에 야당은 거국 내각이 실패할 경우 자기네도 그 책임을 함께 뒤집어쓰기 싫어서 거국 내각을 반대한다는 말이 있습니다.

국민들 보기에 창피한 일이고 깊이 생각해 보아야 할 일입니다."

"이번 기회에 문고리 농단 일소뿐 아니라 대의명분을 무시하고 달면 삼키고 쓰면 뱉는 그 얄팍한 정객들의 추태를 청산하는 계기로도 삼아야 할 것입니다. 그런 후안무치(厚顔無恥)한 짓을 하고도 국민

47

들에게 표를 달라고 손을 내밀 수 있을지 의문입니다."

정난정 닮은 최순실

2016년 11월 2일 수요일

우창석 씨가 말했다.

"지금(10월 31일) 온 국민의 시선이 온통 검찰에서 심문을 받고 있는 최순실에게 쏠려있는데 도대체 그녀의 혐의는 간단히 말하면 무엇입니까?"

"조선왕조 13대 명종 때, 문고리 권력을 맘껏 휘둘렀던 정난정을 닮은 최순실은 대통령이 자기를 신임해주는 것을 기화로 대통령을 등에 업고 청와대 관련 비서를 조종하여 대기업체들로부터 거액의 돈을 뜯어내고도 모자라 정부 예산까지도 멋대로 주무르고, 국가 기밀을 빼내고, 아무 권한도 없으면서 정부 인사에 개입해 온 것으로 알려져 있습니다.

지금까지 드러난 것만 가지고도 최씨는 기소를 피할 수 없다고 합니다. 그래서 최씨는 31일 밤에 검찰에 출두하자 긴급 구속된 것으로 보도되고 있습니다."

"그럼 최씨는 검찰에 긴급 구속되어 심문을 받고 있지만 국민들이 알고 싶어 하는 것은 지금 박근혜 대통령은 이런 때 막상 어떻게 해야 하는가 하는 것입니다."

"지금 관계 기관들에서는 헌법의 '현직 대통령 불소추' 조항을 놓고 왈가왈부하고 있지만 지금은 그런 것을 따질 때가 아닙니다."

"그럼 어떻게 해야 합니까?"

"대통령 자신이 무조건 국민 앞에 나서야 합니다. 그 다음엔 최씨 일가와의 관계와 그들의 국정 개입 전모를 낱낱이 해명해야 합니다.

이 사건은 검찰 조사를 통한 진술이건, 스스로 나서서 하는 해명이건 간에 대통령 자신으로부터의 솔직한 고백이 있지 않는 한 국민들을 납득시킬 수 없을 것입니다."

"문제는 최순실이 아니라 대통령 자신이 직접 국민에게 해명하는 것이군요."

"그렇습니다. 왜냐하면 박근혜 후보를 대통령으로 뽑아준 것은 국민이기 때문입니다. 자기를 대통령으로 뽑아준 국민과 진솔한 소통을 외면하고 도대체 누구와 무슨 소통이 따로 필요하겠습니까?"

송두율의 좌절

"그건 대통령이 알아서 할 일이고 이 분란 통에 혹 대한민국이 붕괴되는 것은 아닌지 걱정입니다?"

"단언컨대 그런 일은 일어나지 않을 것입니다."

"무엇을 믿고 그렇게 단언을 하십니까?"

"대한민국은 그만한 충격으로 무너지는 허약한 나라는 결코 아니고 엄연히 공무원들의 시스템으로 움직이는 나라이기 때문입니다."

"좀 더 구체적으로 그 단언을 입증할 수 있겠습니까?"

"있고말고요. 2004년 노무현 정부 때에 있었던 일입니다. 정권 실세들이 자신들의 큰 스승으로 알아 모시는 독일에 살고 있는 송두율이라는 사람을 그의 소원에 따라 제주도 거주하면서 전국의 제자들을 가르치게 하도록 국내 입주를 하게 해 달라고 요청했습니다.

그러나 이 요청은 한국 경찰과 검찰 그리고 국정원에 의해 일언지하에 거부되고 말았습니다."

"아니 그렇다면 노무현 정부 실세들이 자기들의 큰 스승이 국내 입주가 안 되었는데도 그냥 방치하지는 않았을 꺼 아닙니까?"

"물론입니다. 정부 실세들은 한국 사법부와 국정원 관계 요원들에게 갖은 수를 다 구사했지만 언감생심 요지부동이었습니다."

"그 이유가 무엇입니까?"

"노태우 김영삼 김대중 노무현의 네 번에 걸쳐 5년제 정부를 경험한 관계 공무원들은 이번에도 5년제 정부의 불법적인 요구를 들어주었다가 5년 만에 정권이 바뀌고 나서 그들이 눈감아 준 것이 불법이라는 것이 드러나면 꼼짝없이 자기네가 쇠고랑을 찰 수도 있는 일이기 때문입니다."

"그럼 송두율 씨의 국내 거주는 불법입니까?"

"그럼요."

"왜요?"

"송두율 씨는 남한 출신이고 젊어서 서독으로 불법 망명한 좌경 학자이기 때문입니다. 내재적 접근법이라는 괴상야릇한 학설로 유명합니다. 한국이 북한과 사이좋게 지내려면 북한 요인들과 똑같은 사고방식으로 북한을 인식할 수 있어야 한다는 알쏭달쏭한 주장을 한 학자로 국내외에 이름이 높습니다. 살인강도와 사이좋게 지내고 싶으면 살인강도와 똑 같은 사고방식을 가져야 한다는 말입니다."

"그럼 살인강도와 친밀해지고 싶으면 아예 살인강도가 되어야 하고 공산주의자와 친해지고 싶으면 아예 통째로 공산주의자가 되라는 말이 아닙니까?"

"그렇게 말하면 너무 낯뜨겁고 노골적이니까 제법 학술용어 냄새가 나는 내재적(內在的) 접근법(接近法)이라는 말 장난을 한 데 지나지 않습니다.

한국의 국정원과 사법기관들이 알아낸 정보에 따르면 송두율은 서독에서 북한에 20번이나 왕래한 바 있는 북한 노동당 정치국 후보위

원입니다. 이 사실은 북한 노동당 비서였다가 탈북하여 한국에 정착
한 황장엽 전 북한 노동당 비서도 시인했습니다.

여기서 제가 강조하고 싶은 것은 한국 정부 기관들과 그 기관들을
움직이는 실무자인 공무원들은 노무현 정부의 실세들이요 비록 송두
율의 제자들의 간곡한 청탁이라고 해도 그것이 불법인 한 그렇게 호
락호락 들어주지는 않았다는 겁니다.

따라서 정부 각급 기관의 공무원들과 국정원 경찰, 검찰, 군대가
건강하게 버티고 있는 한 비록 뜻하지 않는 유고(有故)로 정권이 뒤
바뀌는 혼란이 일어나도 그 공백은 능히 기존 시스템으로 관리해 나
갈 수 있다는 겁니다.”

“그 말을 들으니 요즘 검찰이 우병우 전 민정 수석에게 과도하게
굽신대는 것 같아서 어쩐지 마음 한 구석이 허전합니다.”

“그러나 대한민국 검찰에는 우병우 전 민정수석에게 굽신대는 축
보다는 정의감에 불타는 애국자가 압도적으로 많다고 봅니다.”

“그럼 북한 노동당은 무엇 하는 기관입니까?”

“한반도에서의 공산주의 승리를 위한 북한의 투쟁 조직입니다.”

사이비종교에 뚫린 청와대

2016년 11월 6일 일요일

우창석 씨가 말했다.

"요즘 각종 텔레비전 방송의 종합편성에서 내 보내는 전문가들의 대화를 면밀하게 살펴보면 최순실 사건의 근본 원인은 40년 전부터 청와대에 은밀하게 숨어들어와 깊숙이 뿌리내린 최태민교라는 사이비종교가 그 원인인 것이 틀림없습니다.

박근혜 대통령은 대국민 사과 담화에서 '무슨 일이든지 간절히 기원하면 우주의 기운들이 그 소원을 들어줍니다' 하고 아무렇지도 않게 말했습니다. 제아무리 명석하고 총명한 머리를 가진 사람도 한번 사이비종교에 홀려버리면 중요한 결정을 내릴 때 머리가 멍해지고 아둔해지고 고집불통이 되거나 멍충이나 매깨비가 되는 경향이 있습니다.

그렇지 않으면 여당인 새누리당을 이끌어온 박근혜 대통령처럼 두뇌회전 빠른 정치인이 최순실 같은 일개 평범한 강남 아줌마가 아니면 부동산 부인 같은 여인에게 그렇게 맥없이 최면에 걸릴 리가 있겠습니까? 아무래도 좀 이상하지 않습니까?"

"나 역시 무슨 일이든지 간절히 기원하면 우주의 기운들이 그 소원을 들어준다는 박근혜 대통령의 특이한 어법의 발언을 듣고 내가 혹시 잘못 들은 것이 아닌가 하고 한동안 의아해했습니다.

그 후 이런 종류의 발언이 말썽이 되자 그녀는 자신이 사이비종교에는 절대로 물들지 않았다고 강하게 여러 차례 부인했습니다.

그러나 시간이 흐를수록 그녀의 부인을 의심케 하는 기사들이 보도되고 있습니다. 그 중에는 22년 전(1994년)에 작고한 사이비종교 문제 전문가 탁명환 교수가 최태민 목사를 그가 발행하는 잡지에 사이비로 폭로했다는 보도도 있습니다."

"탁명환 교수는 선생님과도 잘 아시는 사이가 아닙니까?"

"그럼요. 그분은 생전에 사이비종교에 관한 한 나의 후원자였으므로 어려운 일이 있을 때마다 자주 만나서 그의 조언을 듣곤 했습니다."

"사이비종교란 간단히 말해서 무엇입니까?"

"사이비종교란 한 마디로 사이비교주가 사리와 이치와 경우에 맞지 않는 논리로 자기의 추종자들을 속여 사리사욕을 채우는 허무맹랑한 신앙입니다."

"그럼 공산주의는 사이비종교에 포함되지 않습니까?"

"공산주의는 정치 조직을 가졌다는 것만 다를 뿐 사이비종교와 흡사하게 끈질긴 데가 있습니다. 가령 박근혜 대통령이 물러나지 않으면 퇴진운동을 벌이겠다고 계속 압박하는 더불어 민주당의 추미애 대표 같은 정치인도 40년 전에는 조총련을 통해 유입되는 북한의 자금 지원을 받아 전두환 군사 정부 타도를 위한 폭력 시위에 앞장섰던 주사파 운동권 학생이 아니었을까 하고 의심이 갈 정도로 끈질긴 데가 있습니다.

공산국 지도자가 자기 자신을 우상화하는 것은 누가 뭐라고 해도 사이비종교의 속성 때문입니다."

"그러나 과거에 제아무리 주사파 운동권 학생이었다고 해도 현재 정직하고 훌륭한 정치인으로 나라를 발전시키기 위해서 보수당 정치인 못지 않는 애국심을 발휘하여 열심히 일하면 되지 않겠습니까?"

"물론입니다. 더구나 요즘과 같이 어려운 비상시국에 아무런 합리적인 대안도 없이 기회 있을 때 마다 박근혜 퇴진만 주문 외우듯 한다면 정국 혼란만 가중시킬 뿐이고 국민들에겐 40년 전 김일성 김정일을 숭배하던 주사파 운동권 학생들의 폭력 시위만 생각나게 합니다. 이것은 애국심이 있는 정치인이라면 결코 하지 말아야 할 일입니다.

더구나 앞으로 어쩌면 대한민국의 두 번째 여성 대통령이 될 수도 있는 같은 여성인 추미애 더불어 민주당 원내 대표가 초등학교 학생이 교과서 외우듯 시종일관 박근혜 대통령 퇴진과 거리 투쟁만 외쳐 대는 것은 일반 국민들에게는 우병우 전 민정수석의 오만한 자세처럼 반발심만 더 자극하게 될 것입니다."

대통령 하야와 탄핵

2016년 11월 23일 화요일

우창석 씨가 말했다.

"그 동안 대규모 촛불시위가 주말마다 세 번이나 있었습니다. 그 전처럼 폭력 난동으로 인명 피해가 발생하지 않은 것은 천만다행입니다. 19일에 있었던 시위는 100만이라고 주최측은 말하지만 경찰 측은 26만이라고 말하는 대규모였지만 청와대는 조금도 당황하는 기색이 보이지 않습니다.

김종필 전 국무총리는 100만이 아니라 5천만이 들고 일어나도 박근혜 대통령은 꿈쩍도 안 할 것이라고 말했습니다. 선생님께서는 어떻게 생각하십니까?"

"박근혜 대통령의 이종사촌 형부이기도 한 김종필 전 국무총리의 말에 나도 동감입니다."

"왜 그렇게 생각하십니까?"

"나에게는 다 그럴만한 사연이 있습니다. 이명박 정부 때였습니다. 이 대통령은 정운찬 전 국무총리를 책임자로 내세워 세종시를 세계 수도의 발전 추세에 맞추어 수도가 아니라 교육, 산업, 문화 도시로 바꾸려고 갖은 노력을 다 기울였지만 한번 한 약속은 지켜야 한다는 당시 박근혜 한나라당 대표의 고집불통에 걸려 끝끝내 좌절되고 말았습니다.

세종시가 교육산업 도시가 되기를 은근히 바랐던 나는 그 과정을 손에 땀을 쥐고 내내 지켜보고 나서 속으로 저 고집불통은 죽어도 변하지 않겠다는 생각이 문득 들었습니다."

"그렇다면 선생님께서는 박근혜 대통령이 하야하는 것과 그러한 고집대로 임기를 채우는 것 하고 어느 쪽을 선호하십니까?"

"나 역시 최순실 사태 연루자들이 국정 농단을 한 괘씸한 행위에 대해서는 누구 못지않게 화도 나고 치를 떨고 격분도 하고 있지만 나라의 안보를 위해서는 냉철한 판단을 해야 한다고 생각합니다.

그러기 위해서는 야당이 주장하는 인민재판식 하야나 퇴진보다는 대통령의 임기를 채우는 한이 있어도 합법적이고 평화적인 정권 교체가 이루어지기를 바랍니다."

"그 이유를 좀 구체적으로 말씀해 주셨으면 합니다."

"첫째는 불법적인 하야나 퇴진으로 헌정이 중단되어 나라가 혼란에 빠지는 것을 원하지 않기 때문입니다.

둘째는 친북 좌파 정부의 10년(1998년~2008년) 집권을 지켜본 내가 보기에는 이들이 지금 품고 있는, 북한과 너무나도 밀착된 종북 좌파적 이념을 가진 채 또 집권하면, 대한민국이 공산화되기는 식은 죽 먹기가 될 우려가 다분히 있기 때문입니다."

"설마 육해공군이 건재한데도 대한민국이 그렇게 호락호락 공산화될까요?"

"그럴 가능성이 충분히 있습니다. 뒤에 기회 닿는 대로 그 이유를 설명하겠습니다."

"그럼, 하야나 2선 후퇴를 안 할 경우 대통령이 탄핵을 당하는 경우가 있을 수 있을까요?"

"탄핵은 의석수가 200석 이상이 있어야 되는데 야3당을 다 합쳐도 의석수가 171석밖에 안 됩니다. 따라서 새누리당에서 29석을 끌어들이지 못하는 한 탄핵은 불가능합니다.

그러나 의석수가 200명 이상이 확보되고 탄핵이 국회에서 가결된다면 그것은 합법이므로 누구도 반대할 명분이 없다고 봅니다. 그러나 무조건 하야니 퇴진이니 하는 것은 헌법 중단 사태이고 결국은 인민재판식이나 광우병 난동과 같은 혼란을 초래하게 될 것입니다.

지금 문재인 더불어 민주당 전대표가 대통령이 다된 것처럼 설쳐대고 있는데 그가 과연 국정 중단 상태를 수습할 것이라고 생각하는 사람이 있다면 다시 한번 심사숙고해 봐야 할 것입니다.

과연 그가 이 비상시국을 이끌어 안정시킬 만한 기량과 능력이 있을까요? 비록 그에게 그러한 능력이 있다고 해도 헌정이 중단된 무법 상태에서 무엇을 어떻게 할 수 있겠습니까?"

"그것은 그렇다 치고 선생님께서는 조금 전에 대통령이 하야나 2선 후퇴로 친북 좌파 정당이 또 집권하면 대한민국이 공산화될 우려가 있다고 하셨는데 과연 그럴만한 이유라도 있습니까?"

"있구 말구요."

"그게 뭡니까?"

좌파 재집권 공산화 부를 수도

"우선 김대중 노무현 좌파 정부 10년 동안에 무조건 퍼주기로 인하여 그때 북한으로 넘어간 거액의 외화로 북한은 핵과 미사일 개발을 꾸준히 진척시켰을 뿐만 아니고 지금 와서도 그때의 집권 세력인 더불어민주당과 국민의당 등은 북한의 핵무기 공격을 막아보려는 미국의 사드 배치를 또 맹렬히 반대하고 있습니다.

좌우간 북한이 관련된 일이라면 그들은 무조건 북한을 편들어 반대부터 합니다. 하긴 노무현 전 대통령은 북한의 대변인 노릇을 자청해서 했다고 공언하기까지 했지만 말입니다.

이것뿐이 아닙니다. 김대중과 김정일 사이에 2000년에 체결된 6.15 공동성명은 왜 지금까지 실행되지 못하고 있는지 아십니까?"

"모릅니다."

"그럴 줄 알았습니다. 6.15 공동 성명대로 실행되면 대한민국은 북측의 제안 속에 들어있는 낮은 단계의 고려연방제로 꼼짝없이 공산화될 수밖에 없다는 것이 밝혀졌기 때문입니다."

"그럼 그때 김대중 대통령은 그것도 모르고 공동성명에 합의 서명을 했다는 말인가요?"

"공산주의자들의 심리와 북한의 의도를 너무나 모르고 모든 것을 호의적으로만 생각하고 북측의 의도대로 따랐거나 정보에 어두웠거나 아니면 북측을 맹종했거나 했을 것입니다."

"그러면 노무현과 김정일 양 정상 사이에 2007년 10월 4일에 합의
된 북방한계선 공동성명은 어떻게 되었습니까?"

"그것 역시 합의대로 이행되었더라면 인천 앞바다는 북한 해역이
되었을 것이고 인천과 서울은 말할 것도 없고 인천국제공항까지도
북한 해군의 직격포의 위협 하에 놓이게 되었을 것입니다.

하긴 노무현 전 대통령은 주변 사람들에게 다음과 같이 말했습니
다.

북한하고만 잘되면 다른 것은 다 깽판쳐도 좋다.
북한에는 제아무리 퍼주어도 남는 장사다.
북방한계선은 북한의 요구대로 해야 한다.
북한의 핵개발은 다 이유가 있으며, 나는 북한을 대변하려고 외국
정상에게 한 시간 이상 설득한 일도 있다.

고 했으니 그 정도는 아무것도 아닐 수도 있을 것입니다. 이러한
종북 이념을 가진 노무현 전 대통령의 유업(遺業)을 계승하겠다는
문재인 전 대표가 다음 대통령이 되겠다고 칼을 갈고 있으니 공산주
의를 결사 반대하던 반공투사들과 그 후손들과 탈북자들과 군경 유
가족들을 위시한 반공전선에 조국을 지킨 투사들과 공산주의를 싫어
하는 대다수 국민들은 불안해하지 않을 수 없게 되어 있습니다."

"그럼 노무현 전 대통령은 북한하고 잘되기 위해서 처음부터 김정

일의 의도대로 따랐다는 얘기가 되는 군요.

그럼 6.15 공동성명과 10.4 공동성명 합의가 실현되지 못한 이유는 어디에 있다고 보십니까?"

"그 동안 축적되어온 시스템으로 움직이는 대한민국 공무원 그룹과 군부 그리고 우파들의 반대 때문이었습니다.

이들 공무원 그룹은 노무현 정부 때에도 독일에 사는 남한출신의 소위 '내재적 접근법'으로 유명한 송두율이라는 북한 노동당 고위급 비밀 간첩을 그의 고향인 제주도에 정착시켜 국내의 친북 좌경화된 그의 제자들을 교육시키려던 계획까지도 무산시켜버렸습니다.

이것을 알게 된 10년 집권 경험을 가진 친북 좌파 정치인들은 우파 공무원 그룹을 중고등학교 단계에서부터 아예 모조리 친북 좌파 사상으로 세뇌하려고 장기 계획을 세워 착착 진행시켰습니다.

민주화가 불러들인 공산화

그래서 좌경화된 국내의 역사 교과서 집필자들이 총동원되었고 그때의 좌경화된 역사 교과서 검정이 지금까지도 실현되고 있습니다.

이명박 정부도 미처 모르고 넘어간 이 사실을 간파한 박근혜 정부는 종북 좌파의 맹렬한 반대를 무릅쓰고 객관적이고 올바른 국정 역사 교과서를 집필하여 내년부터 중고등학교에 배부하기로 하고 작업 중에 최순실 사건이 터졌습니다.

종북 좌파 정치인들은 살맛났다고 국정교과서 폐지를 주장하고 있지만 교과서 문제는 최순실 파동과 관련이 없다는 것을 알아야 합니다. 그리고 교과서 검정 제도 존속 여부는 지금부터 한 세대 후에 시스템으로 움직이는 대한민국 공무원들을 세뇌하여 공산화하느냐의 여부가 달려있는 중차대한 사항이라는 것을 명심해야 할 것입니다.

대통령을 하야나 2선 퇴출시켜 헌정 중단을 초래할 경우 그러한 무정부상태에서 두 번의 집권 경험을 가진 친북 좌파가 또 집권하면 이번엔 노골적으로 북한과 보조를 맞추어 미군 철수를 주장할 가능성이 있습니다. 만약 미군철수가 필리핀에서처럼 실현될 경우 어떻게 될 것 같습니까?"

"글쎄요."

"게다가 북한의 남한 적화 야욕은 또 어떻게 될 것 같습니까?

"핵무기도 없는 대한민국은 새로 등장한 친북 좌파 정부의 도움을 받은 북한군에 의해 간단히 접수될 수도 있습니다.

41년 전에 월맹이 협상 끝에 미군을 철수시키고 남쪽의 베트남공화국을 간단히 먹어버렸듯이 그렇게 한국도 북으로 넘어갈 수 있습니다.

우리에게 첨단 장비로 무장된 육해공군이 엄연히 있고 상호방위조약을 맺은 세계 최강의 미국이 있는데 그렇게 맥없이 북한군에게 손을 들리는 없다고 생각하는 국민들이 다수이겠지만 그렇다 해도 까딱하면 6.25에 버금가는 비극이 일어날 가능성을 완전히 배제할 수도 없습니다."

"그건 대한민국을 사랑하는 국민들에게서는 너무나도 충격적인 시나리오가 아닙니까?"

"너무나도 충격적인 시나리오라뇨. 이것은 지금 바로 우리의 눈앞에 벌어지고 있는 생생한 현실이 가르쳐 주는 미래의 그림 그 자체이기도 합니다."

"도대체 사태가 이렇게까지 된 이유가 어디에 있습니까?"

"첫째는 우리 국민들이 민주화라는 명분으로 공산주의자들이 한국 정계에서 꾸준히 발호할 수 있는 환경을 만들어주었기 때문입니다. 둘째는 좌파의 발호를 견제해야 할 우파 정치인들이 너무나 부패하고 계파 정치와 내분에만 몰두하는 사이에 종북 좌파들을 견제하기 위해 빈부 격차를 줄일 적기를 잇달아 놓침으로써 자기 몫을 제대로 다하지 못했기 때문입니다.

더구나 1988년과 2003년에 두 번에 걸쳐 연속적으로 좌파가 집권했을 때 그들이 얼마나 북한 쪽에 편향되어 있었는가에 대하여 일찌감치 차분하게 연구하여 대책을 세워 놓았어야 하는데 그렇게 하지 않았다는 것입니다."

"그럼 그 동안에 이명박 박근혜 우파 정부는 도대체 무엇을 하고 있었습니까?"

"양 보수 정부 역시 이럴 때 10년 집권으로 득세한 진보 좌파들을 견제할 수 있는 대책을 세우기는 고사하고 사리사욕과 계파싸움과 내분에 휩싸여 정신을 차리지 못했습니다.

그 결과는 4.13 총선에서 대패를 가져왔고 설상가상으로 최순실 사태까지 터져버린 것입니다."

"결국은 대한민국 정계에서 진행된 지나친 민주화가 거의 되돌이킬 수 없을 지경으로 공산화를 도와준 후에야 비로소 그 사실을 뒤늦게 알아차리게 되었다는 얘기가 되는가요?"

"그렇습니다."

두 번째 남침

우창석 씨가 말했다.

"이러다가 북으로부터 재차 남침을 당하는 것은 아닌지 걱정됩니다. 66년 전인 1950년에 일어난 6.25 남침 때 김일성은 소련과 중공의 적극적인 지원을 받고 남침을 감행했다가 뜻밖에도 미국을 비롯한 유엔군의 참전으로 3년 동안의 고전 끝에 패퇴당하고 말았습니다.

그러나 두 번째 남침에는 소련의 후신인 러시아나 중국의 적극적인 후원 없이도 김대중 노무현 정부 때 무조건 퍼주기로 받아들인 막대한 외화를 밑천으로 개발한 핵과 미사일을 앞세워 남한 내 친북 세력의 은밀한 지원을 받게 될 것입니다.

그 친북 세력은 박헌영의 남로당 세력보다 더욱 더 치밀하게 조직화되었을 것으로 보입니다. 게다가 북한의 김정은은 최순실 국정 농단으로 입지가 강화된 종북 좌파 세력을 충분히 이용하려 들 것입니다."

"미국과 유엔의 날로 죄어드는 각종 제재와 감시를 받고 있는 이 마당에 북한이 감히 그러한 망상에 사로잡힐 수 있을지 의심이 됩니다."

"그러나 안보 문제는 추호라도 안이한 생각은 금물이라고 봅니다. 임진왜란 때도 왜군이 쳐들어온다는 소문이 민간에 파다하게 떠돌았을 때 선조(宣祖)는 황윤길(黃允吉)을 정사(正使)로 김성일(金誠一)

을 부사(副使)로 삼아 일본에 파견하여 왜란 가능성을 탐지하여 오게 했습니다.

일본에 갔다가 돌아온 두 사람의 보고는 정반대였습니다. 정사 황윤길은 왜군이 쳐들어 올 것이라고 했고 부사 김성일은 그렇지 않다고 보고했습니다. 선조는 부사 김성일의 말을 옳게 여기고 아무런 대책도 세우지 않았다가 7년 동안이나 나라 전체가 왜군에게 짓밟혀 묵사발이 되는 참극을 겪었습니다.

그 후 35년 동안 일본의 한국 강점과 6.25 발발 과정 역시 반성해야 할 헛점들이 얼마든지 있습니다.

이런 고사를 생각하면 안보에 관한 한 백만 분의 1의 가능성에도 충분한 대비책을 세워두어야 합니다."

"그러한 대비책이 최순실 게이트와 같은 뜻밖의 비상사태로 수립될 수 없을 때는 어떻게 해야 할까요? 국내의 종북 좌파와 북한에 의해 한국이 공산화되는 최악의 사태만은 무슨 일이 있어도 막아야 하지 않겠습니까? 국체(國體)가 어떻게 되든 간에 대한민국만은 살아남아야 하니까 하는 말입니다."

"최악의 경우 북한에 의해 공산화되지 않고 대한민국이 살아남을 수 있는 길은 과연 무엇일까요?"

"첫째로 우리 자체의 힘만으로 대내외의 공산침략을 막아내기 어려우면 전통적인 원교근공(遠交近攻)책에 따라 미국과 협력해야 합니다.

그러나 미국이 고립 정책을 쓸 때에는 고려가 몽골의 침략에서 살아남기 위해 무신정권 체제를 일정 기간 유지했고 대한민국이 무능한 장면 정권 때 장기간 계속된 친북 시위대의 국회 난입 폭동으로 야기된 혼란과 북한의 남침에서 살아남기 위해 5.16 군사 쿠데타가 필요했던 사태가 재차 야기되지 말라는 법도 없을 것이라는 말입니다."

축제 같은 평화 시위

2016년 11월 29일 화요일

우창석 씨가 말했다.

"지난 11월 26일 광화문 광장에서 열린 5차 촛불 시위에 참가한 150만(경찰 추산 27만명) 촛불 시위대는 첫눈 한파에도 불구하고 뉴욕 타임즈 기자들에 따르면 '축제 같은 평화 시위'였다고 합니다.

일본의 NHK 기자도 '일본에서는 상상도 못할 일'이라고 말했습니다. 또 중국의 신화사통신은 '시위 문화의 새 장을 열었다'고 말했습니다.

그러나 제가 알기로는 이러한 비폭력 평화 시위는 이미 한 세기 전에 인도에서 영국의 식민 지배 당국에 저항하여 간디와 네루의 지휘하에 전개되어 인도 독립에 기여했습니다.

그런데 인도의 이 같은 비폭력 평화 시위는 한국의 3.1 운동에서 영향을 받았다고 합니다."

"그렇다면 비폭력 평화 시위의 본산은 인도가 아니라 한국이라는 얘기가 아닙니까?"

"그렇습니다. 한가지 고무적인 현상은 이번 시위에 이적 단체로 판정되어 해산된 이석기의 통합진보당의 잔류파인 민권연대 소속 4명이 청와대 근처에서 암약하다가 시위대에 의해 체포되어 군 분대에 인계된 사건입니다.

그 밖에도 좀 특이한 것은 경찰과 시위대가 추운데 고생한다고 서로를 불쌍히 여긴 나머지 집단적으로 포옹을 했다는 겁니다. 어쨌든 간에 이번 촛불 시위가 평화적인 정권 재 창출에 크게 한몫 기여하는 계기가 되었으면 좋겠습니다."

"그렇게만 된다면 최순실 사태는 오히려 전화위복(轉禍爲福)의 계기가 될 수도 있을 것입니다. 그러나 내가 보기에는 그렇게 낙관만 할 일이 아니라는 사실입니다."

"무슨 말씀이십니까?"

"지금의 시위대가 제 아무리 축제와 같은 평화 시위의 탈을 쓰고 있다고 해도 그들의 근본은 여전히 2008년 이명박 정부 초기에 전국을 휩쓸었던 그 터무니없는 광우병 촛불 시위 주도 세력에서 가지가 뻗어 나왔다는 사실은 아무도 부인할 수 없다는 겁니다.

그리고 광우병 촛불 시위대의 전신은 미선이 효선이 반미 시위, 그리고 맥아더 동상 철거 시위대, 평택 미군기지 반대 시위대가 도사리고 있습니다."

"그럼 이번 시위대도 그때처럼 종북 좌파 정치인들의 지휘를 받고 있다는 얘기인가요?"

"물론입니다. 바로 그 광우병 촛불 시위로 잔뜩 겁먹은 이명박 전 대통령은 김대중 노무현 정부에서 해 온 것처럼 북한에서 남파된 간첩에게도 다달이 봉급을 주었다고 합니다."

지축정립(地軸正立)

"그렇다면 이번 최순실 사태로 인하여 야 삼당의 요구대로 대통령 하야나 퇴진이나 탄핵을 통하여 비록 평화적인 정권 교체가 이루어진다고 해도 김대중 또는 노무현 정부 비슷한 종북 또는 친북 정권이 들어설 경우, 사태는 어떻게 발전될 것 같습니까?"

"글쎄요. 거기까지는 아직 생각해 보지 못했습니다만 그 누구도 상상하기 어려운 사태가 벌어질지도 모릅니다."

"제 생각에는 틀림없이 2000년 6.15 연방제통일 공동성명이나 2007년 10.4 북방한계선 공동성명이 남북 정상들 사이에서 또 만들어질 가능성이 있습니다. 그들 남북 정상들은 틀림없이 지난번과 같은 실패를 다시는 되풀이하지 않으려고 꼼꼼하게 대비책을 강구하게 될 것입니다.

그렇게 되면 대한민국은 41년 전 월남공화국 신세가 되지 말라는 법이 있겠습니까? 그렇게 생각되지 않으십니까?"

"미래를 그렇게 비관적으로만 내다보지 말도록 합시다. 지금까지 내가 읽어본 정감록(鄭鑑錄), 격암유록(格菴遺錄), 도전(道典)에는 그런 식의 한반도 공산화 이야기는 비치지도 않았습니다.

그렇다고 해서 그러한 가능성을 완전히 무시해도 좋다는 말은 아닙니다. 왜 그러냐 하면 북한의 김씨 왕조 역시 내란으로 옛 동독처럼 지도에서 사라질 수 있을지도 모르니까요."

"그럼 가장 확실하고 움직일 수 없는 사건으로 예정된 것에는 무엇이 있습니까?"

"가장 가깝고도 확실한 미래의 전지구적(全地球的)인 사건으로는 1만년마다 규칙적으로 찾아오는 천체 변화 현상인 지축정립(地軸正立)과 개벽(開闢)이 있을 뿐입니다.

지축정립은 전 세계의 천문학자들이 동의하는 것이고 개벽은 격암유록과 도전이 다 같이 예언하고 있습니다."

"지축정립은 왜 일어나죠?"

"우주 공간에 떠돌아다니는 별똥별들이 지구의 인력에 의해 1만년 동안 지구표면에 쌓이고 쌓이는 동안 지구는 지금처럼 북극을 향해 23.5도 삐딱하게 기울어진 상태로 뒤뚱뒤뚱 실룩실룩 위태롭게 궤도 상을 돌게 됩니다.

그러한 지구가 어느 날 갑자기 자체 중력에 의해 스스로 반듯하게 딱 바로 서게 됩니다.

이것을 입증하듯 미국 뉴욕의 세계무역센터가 붕괴된 9.11 사태, 2016년 도널드 트럼프 미국 대통령 당선 등을 예지몽(豫知夢)으로 정확하게 예언한 브라질의 예언가 주셀리노는 2043년에 지구 인구의 80%가 사라질 대재앙이 발생한다고 말했습니다.

그렇게 되면 지구의 북극과 남극이 이동하게 되고 우닥닥 쾅 소리와 함께 한순간에 지구는 암흑 속에 휩싸여 생지옥과 같이 되고 말 것입니다.

온갖 에너지 공급이 단절되어 자동차도 기차도 비행기도 선박도 운행이 중단되고 지구는 일정 기간 암흑 속에 갇히게 됩니다. 이처럼 지구의 지축이 완전히 바로 서기 전에 지구 전체는 지속적으로 지진, 해일, 폭풍 등으로 지각 변동이 자주 일어납니다. 지금이 바로 그런 때입니다.

지축정립과 동시에 지구는 1년이 365일에서 360일이 되고 윤달이 없어지게 됩니다. 그리고 달이 지구를 한 바퀴 도는 데 어떤 때는 28일, 29일, 30일, 31일이 걸리는 등 들쑥날쑥하던 것이 없어지고 한결같이 30일로 고정되는가 하면 반달 같은 것이 아예 싹 없어집니다.

그리고 가장 중요한 것은 지구와 우리 은하계 환경이 지금까지와는 차원이 완전히 다른 무릉도원과 같은 환경으로 승격하게 됩니다. 그리하여 지구는 사람들이 이기심을 버리고 서로 사이좋게 상부상조하는 평화로운 낙원으로 바뀌게 됩니다.

인간의 수명도 1,500세 내지 900세가 된다고 합니다. 이것이 바로 개벽(開闢)입니다."

"그럼 미국, 일본, 중국과 같은 우리와 가까운 이웃나라들은 어떻게 됩니까?"

"21세기 안에 지각변동으로 미국 대륙은 삼분의 일이 물바다로 변하고 일본은 열도의 3분의 2가 바다 밑으로 가라앉아 한국의 도움 없이는 생존이 불가능해지고 중국은 열 개의 섬나라로 토막토막 잘려져 나간다고 합니다.

그런가 하면 한국, 일본, 중국은 하나의 대륙을 공유하게 된다는 예언도 있습니다.

낡고 녹슨 공산주의

최순실 게이트로 어수선한 가운데 지금과 같은 군중 봉기가 계속 기승을 부린다면 정계가 아무래도 좌파 정권이 집권했던 1998년 -2008년의 10년 동안의 정치 환경으로 되돌아갈 가능성이 있습니다.

그렇게 되면 대한민국은 42년 전 월남공화국처럼 침몰하는 것이 아닌가 하고 걱정하는 사람들이 시위군중 못지않게 늘어날 수도 있을 것입니다.

그들에게 꼭 알려주고 싶은 것이 있습니다.

콩 심은 데 콩 나고, 팥 심은 데 팥 난다는 이치 말입니다. 지금 정계에서 좌파가 우세해진 것은 여당의 무능도 있지만 다수 국민들이 좌파 정치인들의 선전과 감언이설에 놀아나 4.13 총선 때 그들에게 몰표를 던졌기 때문입니다.

그들은 김대중 노무현 정부와 같은 종북 좌파정부를 선택함으로써 결과적으로는 한국 젊은이보다 20cm나 평균 키가 작은 세계에서 가장 가난한 나라인 북한 동포들처럼 배를 곯아가며 살기를 소망하게 된다는 것을 알아야 됩니다.

아닌 게 아니라 정권 교체로 막상 배를 곯아보니 그것이 통절하게 후회되어 그 다음에 있을 총선과 대선 때 제대로 정신 차리고 우파 정부를 선택할 수도 있습니다.

그런데도 좌파가 우세한 결과가 또 나왔다고 칩시다. 그 때문에 지금의 북한 동포들처럼 배고프고 가난한 삶을 이어가기가 진절머리가 난다면 그때 가서 또 촛불 시위를 하든지 횃불 시위를 하든지 하면 될 것입니다.

그러나 그것도 지금과 같은 민주주의와 투표의 비밀이 보장될 때에 한해서 입니다. 그렇지 않고 않고 지금 북한에서 시행되고 있는 것처럼 투표자에게 아무런 선택권도 없는 공산당이 주관하는 형식적인 선거라면 투표자들은 지금의 북한 동포들처럼 꼼짝없이 철창 속에 갇혀서 강제노동이나 하는 죄인 신세가 되고 말 것입니다.

그러나 정국이 어떻게 흐르든지 지축정립은 반드시 찾아온다는 것을 상기시키고 싶습니다. 왜냐하면 지축정립이 오기 전에라도 대한민국이 공산화되지 않도록 제 정신 좀 똑바로 차리게 하기 위해서 이런 말을 하는 것입니다."

"그렇게 발상의 전환을 함으로써 이 좁고 답답한 영역 안에서 지지고 볶기보다는 지축정립과 개벽 같은 천체의 자연적이 변화에 시선을 돌리는 것도 나쁘지 않지만 저는 오직 정직하고 소박하게 살아가는 유권자들에게 호소하고자 합니다."

"무엇을 말입니까?"

"지축정립이니 개벽이니 종북 정권이니 하는 생소한 말이 마땅치 않다면 10년 이상 대한민국 영역에서 벗어나 유엔 사무총장과 같은 국제적으로 비중 있는 직책으로 국제 정치를 경험한 반기문 같은 사람을 다음 대통령으로 선택하는 것이 어떨까 합니다.

그분이야말로 공산주의와 민주주의의 차이를 누구보다 잘 체험했을 것이고 세계인의 안목으로 이미 쓰레기 통속으로 들어간 지 25년이나 지난 공산주의의 허망함을 가장 정확하게 꿰뚫어 보고 있을 것입니다. 바로 그 때문에 그는 공산주의가 한국 정치에는 낡고 녹쓴 기계처럼 맞지 않는다는 것도 잘 알고 있을 것이기 때문입니다.

그렇게 하는 것이 스스로 한국의 토착 공산주의자였음을 고백했던 노무현의 정권 5년 동안 잘 나가던 한국 경제를 사회주의 경제로 개조한다고 엉망진창으로 만든 그 희한한 업적을 계승하기를 그렇게도 일구월심 소망하여 온 노무현의 아바타 같은 사람을 다음 대통령으로 선택하는 것보다, 훨씬 낫지 않을까 합니다.

과연 노무현 정권의 업적은 2008년 17차 대선에서 그의 후계자 정동영 후보가 530만 표의 표차로 이명박 후보에게 참패하여 노무현 전 대통령 스스로 정치적으로 폐족(廢族)임을 선언을 하지 않았던가요?"

아버지 업적 갉아먹는 큰 딸

"그렇습니다. 최순실 사태를 몰고 온 박근혜 대통령의 잘못은 대한민국 국민이라면 삼척동자라도 두 눈에 쌍심지들을 거꾸로 켜고 저주하고 통분해 할 일이지만 그렇다고 해서 이 틈을 타서 살판 난 것처럼 촛불 시위 군중을 부추겨 인민재판식 혼란을 가중시킴으로써 다음 정권을 차지하려는 좌파 정객들의 행태야말로 그녀보다 나을 것은 쥐뿔도 없는 피장파장임을 알아야 합니다.

촛불 시위를 선동한 결과 합법적이고 평화적인 정권 이양보다는 정국 혼란을 틈타 좌파 정부 수립으로 이어진다면 어떻게 되겠습니까? 결국 종북 성향의 김대중 노무현 정부 비슷한 정국이 재현 될 수밖에 더 있겠습니까? 그렇게 되면 대한민국호는 42년 전 월남공화국처럼 지도에서 영영 사라지게 될지도 모릅니다."

"그렇다면 대한민국 국민으로서의 인생도 국가도 너무나 허망한 것이 아닙니까?"

"허망을 느끼십니까? 수련을 하면서 명상을 많이 해 보지 않았습니까?"

"했죠."

"그렇다면 인생도 국가도 원래 허망한 것이라는 것을 일찍이 통찰하지 못했습니까?"

"허망하다는 것을 왜 진즉 몰랐겠습니까?"

"그렇다면 그렇게 허망해 하거나 놀랄 것도 없지 않겠습니까?"

"지금까지는 명상은 어디까지나 명상에 국한되는 것으로 알았지 지금처럼 그것이 바로 눈앞의 현실이 되어 통찰의 대상이 될 줄은 몰랐습니다."

"이런 때를 대비해서 스피노자는 '내일 비록 지구의 종말이 온다고 해도 오늘 나는 사과나무를 심겠다'고 갈파하지 않았습니까? 그렇습니다. 생사일여(生死一如)요 인생일장춘몽(人生一場春夢)인데 무엇 때문에 잠시인들 인생과 국가 같은 사바세계에 현혹되거나 비탄해 할 필요가 있겠습니까?

그 큰 하나의 분신이 바로 지금 이 자리에 앉아 있는 존재의 실상임을 잠시인들 잊지 않는다면 비록 순간인들 흔들릴 필요는 어디에 있겠습니까?"

"그럼 그 큰 하나는 무엇입니까?"

"우주를 만든 대생명체 즉 하느님입니다. 우리는 바로 하느님의 분신이니까 하는 말입니다.

다시 현실로 돌아갑시다.

결국 아버지 박정희 대통령과 어머니 육영수 여사가 목숨을 바쳐 이룩해 놓은 조국 근대화 작업과 공업화 업적의 상당 부분을 그들의 맏딸인 박근혜 대통령이 단지 그녀의 아둔함 때문에 갉아먹고 말았습니다.

1884년 김옥균의 갑신정변으로 시작된 우리 민족의 한 맺힌 간절한 소원이 바로 조국의 공업화였고 그의 정변이 성공했더라면 우리가 일본에게 35년 동안 나라를 강탈당하는 비극은 없었을 것입니다. 우리에게 공업화는 그처럼 소중한 것이었습니다.

이 어처구니없는 스캔들 때문에 세계가 놀란 경이적인 경제 발전으로 환호를 받아왔고 제2차 세계 대전 이후 식민지에서 독립된 나라로서는 처음으로 외국 원조를 받던 나라에서 외국에 원조를 주는 나라로 탈바꿈함으로써 개발도상 국가들이 벤치마킹하는 시범 국가였던 한국의 위상은 크게 타격을 받았습니다.

이 때문에 핵과 탄도 미사일까지 움켜쥔 국제 망나니인 북한의 김정은까지 겁 없이 날뛰게 만들었습니다.

이 때문에 김정은이 씨받이로 한국에서 여자 1천만 명만 남겨놓고 남자들은 모조리 쓸어 없애버리겠다고 한국을 향해 막말 모욕까지 하는 빌미를 주었습니다."

"그런 모욕을 당하면서까지 김씨 왕조를 따르겠다는 한국의 종북 좌파 정치인들은 지금 무슨 생각을 하고 있을까요?"

"그들은 이보다 더 심한 모욕을 당하고도 여전히 눈 하나 까딱 안 하고 김씨 왕조의 뒤꽁무니를 계속 추종할 것입니다."

"왜 그런 말씀을 하십니까?"

"6.25 휴전 직후 북한군을 돕다가 그들을 따라 월북한 남로당의 우두머리인 박헌영과 그의 부하들은 6.25 패전의 책임을 뒤집어쓰고, 김일성에 의해 표면상으로는 미제국주의자의 스파이라는 누명을 뒤집어쓴 채 총살당했습니다.

그런데도 한국의 토착 공산주의자들은 지금도 여전히 김씨 왕조를 따르고 있지 않습니까? 그 중에는 대통령을 지낸 사람까지 있었다는 것은 누구나 다 잘 알고 있는 사실이 아닙니까?"

"그 정도면 그들은 은수(恩讐)를 구별 못하는 치매환자들이 아닙니까?"

"천만의 말씀입니다. 얼마나 똑똑한 사람들인데 그런 말씀을 하십니까? 그들 중에는 다음 대통령을 노리는 사람들도 들어 있는데요."

야당은 어디로 가는가?

2016년 12월 3일 토요일

오후 3시 반경, 삼공재에는 경향 각지에서 모여든 7명의 수련생들이 열심히 명상을 하다가 아무래도 요즘 토요일마다 계속되는 대형 촛불 시위로 대표되는 현 시국의 흐름이 명상만을 할 때가 아니라고 일제히 약속이라도 한 듯 눈을 떴다.

그 중 제주도에서 올라온 이광복이라는 50대의 수련생이 질문했다.

"선생님, 시국이 요즘처럼 언제 끝날지 모르고 계속되는 150만이니 230만이니 하는 주말 촛불 시위 사태에서는 하도 어수선해서 경제도 그전처럼 안 돌아가고 수련도 명상도 제대로 안 됩니다. 이런 때 선생님께서 한 말씀 해 주시는 것이 어떨까 합니다.

촛불 시위대 주장처럼 박근혜 대통령 즉각 하야와 즉각 퇴진 즉각 구속이 옳은지 국회의원들의 탄핵이 옳은지 견해를 밝혀주시는 것이 어떨까 합니다."

"내가 보기에는 박근혜 대통령의 즉각 하야나, 즉각 퇴진이니 즉각 구속은 아무래도 아닌 것 같습니다."

"왜 그렇게 생각하십니까?"

"즉각 하야, 즉각 퇴진, 즉각 구속은 아무리 시위대용 구호라고 해도 80년대 주사파 대학생 시위대가 외치던 것 같은 구호나 북한식

인민재판 냄새가 물씬 풍겨오기 때문입니다.

우리가 북한에게 그렇게 당하고도 지금도 그들이 즐겨 하는 인민재판을 흉내 내는 것은 안 되는 거 아닙니까?"

"그럼 선생님은 어떻게 되어야 한다고 보십니까?"

"인민재판 냄새가 나지 않는 질서 있고 합법적인 방법으로 새 정권이 단시일 안에 창출되어야 한다고 생각합니다.

그러자면 박근혜 대통령이 국회에서 탄핵을 당했으므로 가능한 한 법에 정해진 180일 이전에 헌법재판소 판결을 거쳐 새 정부가 구성되어야 한다고 봅니다.

그러나 어떠한 일이 있어도 최순실 파동이 좌파 정부 수립을 초래해서는 안 된다고 생각합니다."

"왜 꼭 그래야 한다고 생각하십니까?"

"반드시 그래야만 할 피치 못할 이유가 있기 때문입니다."

"그렇지만 우리나라는 1988년부터 5년제 대통령제가 실시된 후 2016년인 지금까지 28년 동안 노태우, 김영삼, 김대중, 노무현, 이명박, 박근혜 대통령으로 이어지는 여섯 번의 정권 교체가 있지 않았습니까?"

"네 번은 보수계이고 두 번은 진보계였습니다. 민주 국가에서 좌파와 우파, 진보와 보수의 정권 교체는 통상 있는 일이 아닙니까?"

"옳은 말씀입니다. 그러나 세계에서 유일하게 사상적으로 분단된 한반도의 정치 상황은 그러한 외국의 실례를 적용하기에는 적합하지 않습니다.

1998년에서 2008년에 이르는 10년간 김대중 노무현 정부를 거치는 동안 나는 다음에 또 진보계 정권이 들어서면 북한에서 김씨 왕조가 사라지지 않는 한 그리고 한국의 진보계 정당들에서 종북 또는 친북 성향이 깡그리 세탁되지 않는 한 대한민국은 틀림없이 공산화되지 않을 수 없게 되어 있다는 것을 깨닫게 되었습니다."

"그럼 선생님께서 그렇게 될 수밖에 없는 원인을 우리들이 이해할 수 있게 설명을 해 주시겠습니까?"

"그렇게 하죠. 우선 김대중 정부부터 말하겠습니다. 김대중 대통령은 남북 정상회담을 개최하기도 전에 김정일의 비자금으로 외화 4억 5천만 달러를 북한에 송금해 주었습니다.

그것을 필두로 대량의 금품이 무더기로 북한으로 넘어가기 시작했습니다. 이러한 퍼주기는 노무현 정부가 들어서면서 훨씬 더 대규모화 되면서 북한의 핵과 미사일 개발을 촉진시켰습니다.

이처럼 김대중 정부보다 노무현 정부에서는 북한 퍼주기가 대폭 강화되었습니다.

그리하여 김대중 전 대통령을 배출한 국민의 당과 노무현 전 대통령을 낳은 더불어 민주당은 그 후에도 북한이 반대하는 사드 배치를 맹렬하게 반대하여 왔고 지금은 중국과 합창이라도 하듯 장단까지 맞추고 있습니다.

내가 보기에는 두 야당의 이러한 한결 같은 종북 친중 편향은 김대중 노무현 집권 시절부터 꾸준히 강화 확대일로를 걷고 있습니다."

"구체적으로 그 실례를 말씀해 주시겠습니까?"

하고 이광복 씨가 말했다.

"그렇게 하죠. 2000년에 남북 정상 사이에 체결된 6.15 공동 성명은 왜 실현되지 못했는지 아십니까?"

"그건 국방부를 비롯한 우리 정부의 관계 기관 공무원들의 완강한 반대 때문이 아니었습니까?"

"그럼 반대 이유가 무엇인지 아십니까?"

"우리 실정에는 맞지 않기 때문이 아닌가 생각됩니다."

"그렇습니다. 6.15 공동성명이 그대로 실현되면 남한은 꼼짝 못하고 북한이 주장하는 낮은 단계의 고려연방제 속에 속박되어 공산화될 수밖에 없도록 되어 있었기 때문이었습니다."

"그럼 당시 공동성명에 서명 날인한 김대중 대통령과 그가 이끄는 참모진 일행은 결과적으로 그렇게 될 줄은 전연 몰랐을까요?"

"내가 보기에는 전연 그렇지 않습니다. 어떤 사람은 남북통일의 서장을 열었다고 흥분한 나머지 미처 앞뒤를 차분하게 따져보지 못하고 서명 날인부터 서둘렀을 것이라고 말하지만 대한민국의 존폐가 걸려있는 중차대한 일을 그렇게 경솔하게 처리할 수는 없는 일입니다.

원래부터 친공적이었고, 박정희 정권 하에서 망명 생활 중에는 김일성으로부터 돈까지 받아 쓴 일이 있는 김대중 전 대통령은 6.15 공동 성명의 내용을 잘 알면서도 서명 날인한 것으로밖에는 볼 수 없습니다.

이렇게 볼 때 국민의 당 출신이 다음에 또 대통령이 될 경우 남북 정상 회담에서는 지난번의 실수를 되풀이하지 않기 위해서 반드시 꼼꼼한 대응책을 세우게 될 것입니다. 그렇게 되면 대한민국은 꼼짝 없이 공산화될 수밖에 없게 될 것입니다.

그건 그렇고 그 다음에 노무현 정부 때인 2007년에 남북 정상 사이에 체결된 10.4 공동성명은 어떤지 살펴봅시다. 10.4 공동성명의 핵심은 북방한계선을 북측의 주장대로 인천 앞 바다까지 연장해 주는 것입니다.

만약에 남북 사이에 이 10.4 공동성명이 현실화될 경우 인천과 인천국제공항 그리고 수도권은 모조리 북한 해군 함정들의 직격포탄의 위협 하에 놓이게 될 것입니다.

원래가 종북적이고 북 편향적인 노무현 전 대통령은 그 전부터 북방한계선은 북한의 주장대로 해야 된다고 주장해왔습니다. 그뿐 아니고 그는 북한하고만 잘 되면 다른 것은 다 깽판 쳐도 좋다고 했고, 북한에는 제아무리 많이 퍼주어도 남는 장사라고 말했습니다. 그리고 북한의 핵 개발은 다 그럴 만한 이유가 있다고 북한을 대변하여 외국 정상에게 변명까지 해 주었습니다.

만약에 노무현 전 대통령을 배출한 더불어민주당에서 다음 대통령이 나온다면 어떻게 될지 더 이상 말하지 않아도 뻔한 일입니다. 노무현 전 대통령의 업적을 그대로 계승하겠다고 작정한 문재인 전 대표가 다음 대통령이 되어 남북 정상 회담에 임한다면 어떤 일이 벌어질 것 같습니까? 그들은 틀림없이 노무현 - 김정일 때의 실책을 되풀이하려고는 결코 하지 않을 것입니다."

"그럼 더불어민주당과 국민의당이 다음에 또 집권당이 되어 그전 처럼 북한하고 정상 회담을 가질 경우 6.15 및 10.4 공동성명과 같은 합의는 하지 못하게 한다든가 대한민국이 북한에 의해 공산화되는 일은 없도록 당의 기질을 환골탈태(換骨奪胎)하게 하는 조치를 국회에서 취하게 하면 되지 않을까 합니다."

"그건 말은 쉬워도 실현 가능성이 거의 없는, 까마귀 보고 황새가 되어달라는 것과 같은 실현 가능성이 없는 우화 같은 얘기입니다. 국민소득 세계 13위의 대한민국의 운명을 그런 우화에 맡길 수는 없는 일이 아니겠습니까?"

"그럼 어떻게 해야 하겠습니까?"

"대한민국의 흥망이 걸려 있는 너무나도 중차대한 사항이므로 우리나라 국민 전체가 지혜와 경륜을 한데 모아야 합니다."

"여기서 문제의 핵심은 무엇이라고 보십니까?"

"촛불 시위로는 해결되기 어려울 것 같고, 국민투표를 해서라도 대한민국이 북한식 공산 세습 왕조를 택하느냐 아니면 민주주의를 택하느냐를 양자택일해야 할 지점에 도달했다고 봅니다."

"공산주의는 이미 25년 전에 종주국 소련이 공중 분해됨으로써 역사의 쓰레기 통 속으로 들어가지 않았습니까?"

"그건 실정을 모르는 소리입니다. 한국의 야 3당이 지금 어느 길을 걷고 있는지 면밀하게 살펴보면 해답은 스스로 나오게 되어 있습니다."

중심을 잡아야

2016년 12월 14일 수요일

우창석 씨가 물었다.

"선생님, 박근혜 대통령이 결국은 사이비교주에게 최면됨으로써 최순실 사태가 야기된 것으로 보도되고 있는데 도대체 그렇게 된 원인이 어디에 있을까요?"

"결국은 박근혜 대통령이 자립심(自立心)이 부족했기 때문이라고 생각됩니다."

"그럼 자립심이 부족한 원인은 어디에 있습니까?"

"중심이 잡혀 있지 않았기 때문입니다. 중심이 확실히 잡혀 있었다면 최태민이 비록 최면술 100단을 구사했다고 해도 그의 최면에 그렇게 어이없이 걸려 넘어가지는 않았을 것입니다."

"중심이 무엇입니까?"

"구심력을 말합니다. 지구상에 사는 사람들이 만약에 중심을 잡지 못한다면 우주인 훈련을 하는 사람을 빼놓으면 단 한 사람도 생존할 수 없을 것입니다. 그러나 사람은 누구나 지구의 중심과 일치되어 있기 때문에 쓰러지지 않고 걸을 수도 있고 달릴 수도 있고 앉을 수도 있고 설 수도 있습니다. 구심력을 잃지 않았기 때문입니다.

그러나 서 있던 사람이 총격을 당하여 숨이 끊어지면 중심을 잃고 쓰러지게 됩니다.

그와 마찬가지로 마음의 중심을 잃으면 충격을 당하지 않아도 무당이니 최면술사에게 현혹되어 비틀거리게 됩니다. 그래서 평소에 누구든지 중심을 확실히 잡아야 한다고 합니다."

"사람은 지구의 중심과 일치한다고 하셨습니다. 그럼 지구는 무엇과 중심이 일치합니까?"

"지구의 중심은 태양의 중심과 일치되어 있으므로 세세연연 태양의 주위를 365일 만에 한번씩 돌고 있습니다."

"그럼 태양은 무엇과 중심을 맞추고 있습니까?"

"태양은 북두칠성의 중심인 북극성과 중심이 일치되어 있습니다."

"그럼 북극성은 어디에 중심을 맞추고 있습니까?"

"북극성은 우리 은하계의 중심별과 중심을 같이 하고 있습니다. 그리고 은하계는 각기 우주 전체와 중심을 일치하고 있습니다. 바로 이 구심력과 이와 반대되는 힘인 원심력이 균형을 이루어서 모든 천체는 운행을 하게 되어 있습니다.

이처럼 이 무한한 우주 안에 사는 존재들은 우주 전체의 중심과 일치함으로써 자립심을 갖게 되어 각기 부여된 분야에서 생활하게 되어 있습니다."

"그런데 보도에 따르면 박근혜 대통령은 최태민과 그의 딸인 최순실 부녀의 의도적인 최면술에 말려들어 지금과 같은 국정(國政) 농단(壟斷) 사태가 벌어졌다고 합니다.

선생님께서는 이번 사태가 벌어진 원인이 박근혜 대통령의 자립심

부족 때문이라고 말씀하셨습니다. 어떻게 하면 국회 탄핵안 통과로 잃었던 한 정치인의 명예 회복은 차치하고라도 박근혜 자연인 개인으로서의 명예와 자존심을 회복할 수 있겠습니까?"

"지금이라도 늦지 않으니까 우주의 중심과 일치된 자기중심을 확실히 잡고 자립심을 회복해야 합니다. 그래야 그들의 최면을 훨씬 능가하는 지혜를 구사할 수 있습니다.

그렇게 함으로써 아직도 최태민 최순실 부녀의 최면에서 덜 깬듯한 어정쩡하고도 허탈한 듯한 인상을 국민들에게 더 이상 주지 말아야 할 것입니다. 그렇게 함으로써 이번 액난(厄難)을 극복하고 재기한 의연한 모습을 국민들이 체감할 수 있게 해야 할 것입니다."

"그렇게 하려면 박근혜 대통령이 앞으로 어떻게 해야 할까요?"

"최태민, 최순실 부녀로부터 수십 년 동안 당해온 최면 상태에서 한시바삐 철두철미하게 완전히 벗어나는 것이 무엇보다도 중요합니다.

조금도 기죽지 말고 이번 난관이야말로 자신에게는 보다 크게 뻗어나갈 수 있는 도약대가 되어야 한다고 굳게 믿고 매사에 의연하게 임해야 합니다. 그리고 실패는 성공의 어머니라는 에디슨의 말대로 이번 사건을 무슨 일이 있어도 성공을 위한 새 도약대로 삼아야 합니다.

그리고 자신의 중심이 우주의 중심과도 일치하듯 자신의 자립심 역시 이 우주 안에 사는 모든 사람과 함께 전체 우주의 중심과도 일치하고 있다고 굳게 믿어야 합니다. 그게 사실이니까요. 그렇게 함으로써 우주 전체의 중심으로부터 오는 막강한 힘을 받아야 합니다. 그것이 또한 진실이니까요.

그렇게 함으로써 어떻게 해서든지 이번 사태를 그녀의 자성(自性)인 참나를 일깨워주는 전화위복(轉禍爲福)의 계기로 삼아야 할 것입니다.

그러한 믿음과 확신만이 수십 년 동안 그녀를 겹겹으로 얽어 매어왔던 최씨 부녀의 최면으로부터 자신의 힘으로 깨끗이 말끔히 벗어나는 계기로 삼아야 합니다."

"보도에 따르면 박근혜 대통령이 2013년에 취임 이래 인사에 번번이 실패하고 국민들과의 면대와 소통을 거부하고 기자 회견을 기피하고 고집불통으로 널리 알려지게 된 것도 모두가 최순실의 조종에 따른 최면 때문이었다고 합니다.

또 박근혜 대통령의 유일한 여동생하고 남동생과도 그동안 왕래를 끊고 산 것 그리고 기자 회견 거부 역시 최순실의 강요와 조종에 의한 것이었다고 합니다. 그렇게 함으로써 국민이 선택한 박근혜 대통령을 국민들로부터 철저히 차단시키려 했던 것입니다."

"도대체 이렇게까지 깊숙하게 그리고 악랄하게 최면에 걸릴 수도 있습니까?"

"그럼요. 말은 최면이라고 하지만 최면술사인 최태민과 최순실 부녀가 이기심을 충족시키기 위하여 용의주도하게 그리고 빈틈없이 철저히 사기(邪氣)의 그물을 쳤기 때문입니다.

그들은 박근혜 대통령이 생각한 대로 어려울 때 그녀를 알뜰하게

도와준 은인이 아니라 그녀의 약점을 집요하게 파고 든 악랄하고 이기적인 한갓 사이비종교(似而非宗敎)나 사교(邪敎)의 교주요 무당이요 기생충에 지나지 않았습니다."

"그리고 지금도 이해를 할 수 없는 것은 납품업자인 고영태와 차은택에 의해 이번 사건의 실태가 언론사에 알려지기 전까지 많은 세월이 흘렀건만 박근혜 대통령을 직접 보좌하여 온 청와대 참모진들은 도대체 무엇을 하고 있었는지 궁금합니다."

"그것은 나에게도 역시 풀리지 않는 수수께끼입니다."

"그건 그렇고 박근혜 대통령이 국회의원이었을 때 선생님 제자의 요청으로 그녀에게 『선도체험기』를 100권이나 기증한 일이 있지 않았습니까? 그 일은 그 후 어떻게 되었습니까?

『선도체험기』에는 사이비교주의 사기 행각이 구체적으로 묘사된 부분이 많아서 그분이 읽어 보았더라면 많은 도움이 되었을 텐데요."

"열성적인 제자의 한 사람이 자기 딸의 첫 돌 기념 선물로 자기가 유달리 존경하는 그분에게 『선도체험기』 100권을 보내달라는 간곡한 요청과 함께 적지 않은 액수의 책값까지 맡기는 통에 내가 대신 책을 구해서 포장하여 우체국 택배로 보낸 일이 있습니다.

나는 그 제자에게 그분은 정치인이라 늘 바쁜 분이니 1백권이나 되는 책을 읽을 틈이 없을 것이라고 말했건만 무조건 꼭 좀 보내달라고 간곡하게 부탁을 하는 바람에 어쩔 수없이 부쳐주기는 했습니다.

책 보낸 지 몇 달 만에 나에게 부탁을 한 제자한테서 연락이 왔습니다."

"뭐라고요?"

"국회의사당 안 박근혜 의원실에서 일하는 비서로부터 편지가 한 통 날아왔다고 합니다.

'『선도체험기』 1백권은 잘 받았는데 국회도서관에 기증했다'고 하 더랍니다."

"최순실이 '대통령' 소리를 주변에서 들을 수 있을 정도로 용의주 도한 인물이라면 박근혜 대통령이 그 책을 읽기 전에 자기가 먼저 읽어보고 미리 전달을 차단한 것이 아닐까요?"

"좌우간 『선도체험기』는 박근혜 대통령과는 처음부터 인연이 없었 던 것 같습니다."

개성공단과 문재인

2016년 12월 18일 일요일

우창석 씨가 말했다.

"여러 매체들의 최근 보도에 따르면 문재인 더민주당 전 대표는 자기가 차기 대통령이 되면 미국보다 북한을 먼저 방문할 것이라고 말했는가 하면 개성공단은 즉각 재가동할 것이라고도 말했습니다.

이에 대하여 어떻게 생각하십니까?"

"북한하고만 잘되면 다른 것은 다 깽판쳐도 좋고 북한에는 아무리 퍼주어도 남는 장사고, 북한의 핵 개발은 다 그럴 만한 이유가 있고 자기는 북한을 대변하여 외국 정상에게 한 시간 이상 변명을 해준 일이 있다고 말한 노무현 전 대통령의 유업(遺業)을 무비판적으로 충실히 계승할 것을 서약한 문재인 전 대표니까 그 정도의 말은 능히 할 수 있다고 봅니다.

그러나 누가 차기 대통령이 될지는 아직은 오리무중인데 대통령 예비 후보자에 대한 인기도 조사 결과만을 보고 그렇게 흥분해서 자기가 대통령에 당선이라도 된 것처럼 김칫국부터 마시는 것은 지나치게 경망스럽고 신중하지 못한 사람으로 국민의 눈에 비칠 수 있습니다.

그가 정말 대통령 감이라면 이런 때일수록 은인자중(隱忍自重)하고 말 한마디 한마디가 천금 같아야 유권자들로부터 더욱더 신임을 받을 수 있지 않을까 생각됩니다."

"그럼 개성공단을 즉각 재가동하겠다고 말 한 것은 어떻게 생각하십니까?"

"그렇지 않아도 대통령이 되면 미국보다 북한에 먼저 가겠다는 것보다 더욱 더 경솔하고 오만한 것은 자기가 대통령이 되면 개성공단을 즉각 가동하겠다는 발언입니다. 개성 공단 폐쇄는 북한의 핵과 미사일 개발을 중단시키려는 유엔과 국제사회의 사실상의 합의 사항입니다.

더구나 우리는 전 세계를 향해 북한으로 달러가 유입되면 안된다고 기회 있을 때마다 세계 각국에 경고하면서도 개성공단을 통해서 북에 1년에 5억 달러 이상을 꼬박꼬박 넘겨주겠다는 것은 국제 사회와의 약속을 스스로 깨버리는 망발이요 일종의 만용이 아닐 수 없습니다.

이것은 또한 종북(從北)을 기조로 하는 그의 사상적 스승인 노무현 전 대통령의 유업을 계승하는 것이 될지는 몰라도 촛불 시위 도중에 '종북은 꺼지라'고 외친 일부 촛불 시위 군중의 뜻에도 한참 어긋나는 황당한 발언이 아닐 수 없습니다."

"또 헌재가 박근혜 대통령에 대한 탄핵을 기각하면 그 다음에는 혁명밖엔 없다고 한 협박성 발언에 대해서는 어떻게 생각하십니까?"

"헌재가 탄핵을 기각하면 혁명을 일으키겠다는 것은 헌법과 합법과 질서를 거부하고 인민재판식 민중 쿠데타를 일으켜 청와대와 정부 기관들을 접수하겠다는 말과 다르지 않습니다.

모든 쿠데타는 성공하면 혁명이고 실패하면 반란입니다. 터무니없는 거짓말에 속아 넘어간 광우병 촛불 집회 수준의 군중을 이끌고 일으킨 민중 혁명이 어떻게 될 것 같습니까?"

"글쎄요."

"실패하면 내란죄를 뒤집어 쓸 각오를 단단히 해야 할 것입니다.

탄핵 정국으로 탄생된 황교안 대통령 권한 대행 정부가 아무리 만만해 보인다 해도 안보에까지 그렇게 호락호락하지는 않을 것입니다.

만성적인 학생 시위대에 포위되어 있던 1961년의 장 면 정부처럼 현 정부가 군중 쿠데타 정보에 무신경할 것이라고 생각한다면 큰 오산입니다.

더구나 대통령 권한 대행 황교안 총리의 인상은 만만하다거나 호인형이거나 허술한 것과는 번지수가 다른 침착하고 주도면밀하고 빈틈이 없습니다. 그는 특별히 온 국민의 관심이 집중된 안보 문제만은 더 없이 단호하고 신중하게 다룰 가능성이 농후합니다.

비록 그 민중 혁명의 주도자가 유력한 차기 대통령 후보라고 해도 황 총리는 군중 반란에는 계엄령을 선포해서라도 주모자들에 대해서는 지위 고하를 막론하고 엄격한 법의 잣대를 들이댈 것이 틀림없습니다.

만약의 경우이긴 하지만 부디 이런 일이 현실화되는 일은 없도록 문재인 전 대표는 정신 바짝 차려야 할 것입니다."

"문재인 대표는 지금까지의 그의 태도로 보아 이번 최순실 파동을 이용하여 어떻게 해서라도 다음 정권부터 먼저 움켜쥐려고 너무나도 성급하게 뛰고 있습니다.”

“그렇습니다. 그것이 어디까지나 그 개인만의 일인쇼로 끝난다면 모르겠는데 사회주의 즉 공산주의가 무엇인지도 모르고 경거망동하는 친북 성향의 젊은이들을 선동하여 제2의 광우병 소동으로 번져나가자는 것이 아닌지 걱정이 되지 않을 수 없습니다.

한국에서의 사회주의 즉 공산주의 실험은 이미 노무현 전 대통령의 한풀이는 되었을지 모르지만 참담한 실패로 끝나버린 전례가 있습니다.

있는 자와 없는 자의 양 극단을 해소하기 위해서라는 명분으로 각 계층간에 위화감을 조성하여 강남 사람은 강북 사람과 싸우게 하고 서울대 출신은 비서울대 출신들과 서로 싸우게 함으로써 나라 전체를 끝없는 분쟁의 소용돌이 속으로 몰아넣었습니다.

그리고 기업인들에게 2중 3중으로 세금을 부과하여 거두어들인 돈으로 빈곤한 사람들을 살리려고 공장들을 짓는 대신에 대대적인 취로(就勞) 사업을 여기저기서 벌인 결과 어떻게 되었습니까?

외국에서는 작은 정부를 만들려고 공무원 줄이기에 혈안들이 되어 있는데도 불구하고 이 취로 사업을 관장하기 위해서 노무현 정부는 공무원을 10만 명이나 증원했습니다. 십만 명의 봉급을 위해서 막대한 정부 예산이 지출되었습니다.

그 결과 기업인들은 세금 과다로 적자가 나는 바람에 조국에서의 기업 운영을 포기하고 기업을 살리기 위해서 중국, 베트남, 인도, 미국 등지로 앞 다투어 빠져나갈 수밖에 없었습니다.

이 때문에 국내에서는 수많은 공장들이 문을 닫게 되어 대량의 실업자들이 양산되었습니다. 빈곤층은 사회주의 경제 개혁 이전보다 오히려 두 배나 늘어나게 되었습니다.

이로 인해 동아시아의 네 마리의 용들 즉 한국, 대만, 홍콩, 싱가포르 중에서 선두를 달리던 한국은 꼴찌로 뒤쳐지게 되었고 전 세계에서는 경제 발전 순위가 40단계나 추락하게 되었습니다.

이 때문에 2008년 17대 대선에서 노무현의 후계자로 출마했던 정동영 후보는 한나라당의 이명박 후보에게 무려 5백 30만 표차로 참패를 당했습니다. 이로서 한국에서의 사회주의 경제 개혁 시도는 크게 실패하여 노무현 정부는 정치적으로 폐족(廢族)임을 스스로 대내외에 선포하지 않을 수 없게 되었습니다.

북쪽은 우리의 미래인가?

그로부터 겨우 8년이 지난 지금 최순실 파동에 편승한 촛불 배후 세력은 '노동자가 주인이 되는 세상은 사회주의가 답이고 북쪽은 우리의 미래이며 양심수 이석기를 석방하라'고 외치고 있습니다.

과연 '북쪽은 우리의 미래'일까요? 제대로 먹지 못한 북쪽 젊은이들의 평균 키가 남쪽 젊은이보다 20cm나 낮은 것이 텔레비전 화면에 뻔히 보이는 데도 그들은 이런 억지 주장을 하고도 속이 편할까요?

두만강이나 압록강 강가에서 가끔 등장하는 북한군 병사의 키가 한국의 중학생 키보다도 낮은 것을 보고 이상하게 생각하지 않은 사람이 없을 것입니다.

이것은 어떻게 하든지 북한과 손잡고 무조건 한국을 공산화하고야 말겠다는 종북 세력의 무조건적이고 황당한 결의의 표시가 아닐 수 없습니다. 북한의 일인당 국민소득은 1천 달러니까 3만 달러 정도인 한국에 비하여 30분의 1밖에 안 됩니다.

그리고 젊은이들의 평균 신장은 영양실조로 한국 젊은이보다 20cm나 낮습니다. 그런데도 '북쪽은 우리의 미래라'고 말한다면 세계 사람들은 정신병자가 아닌 이상 어떻게 그런 억지 주장을 할 수 있느냐고 반문할 것입니다.

물이 낮은 곳에서 높은 곳으로 거꾸로 흐를 수는 없는 것과 같이 잘 사는 나라가 가난한 나라로 당장 되돌아갈 수는 없는 일이기 때문입니다."

"도대체 공산주의가 실패한 원인은 무엇입니까?"

"가진 자의 돈을 빼앗아서 없는 자에게 나누어 준다는 공짜주의 때문에 자본주의 국가와의 경쟁에서 패배하였고 온 세계 사람들이 싫어하여 폐기되었습니다. 결국 종주국 소련마저 1991년에 공중 분해되어 마침내 공산주의는 쓰레기 통 속으로 들어간 것입니다.

요즘 어떤 대통령 지망자는 부자로부터 세금을 거두어 가난한 자에게 나누어주는 것은 공금을 나누어주는 것이므로 공짜가 아니라고 말했지만 대가 없이 공금을 특정 층에게 나누어 주는 것이 공짜가 아니고 무엇입니까?

소련이 망하고 나서 25년 만에, 그리고 한국에서의 사회주의 실험 실패가 노무현 정권을 폐족(廢族)으로 만든 지 8년 만에 하필이면 왕년의 반공 국가인 대한민국에서 공산주의가 되살아난 것입니다."

"그뿐이 아닙니다. 그들이 지향하는 공산주의는 어디까지나 대의명분도 비전도 철학도 없는 80년대 한국의 대학생 주사파(主思派) 운동권에서 출발한 후진적인 공산주의 정치인들의 허황된 주장일 뿐입니다.

이들은 박근혜 대통령의 탄핵안이 헌법재판소에서 기각될 경우 민중 혁명으로 정권을 탈취한 후 한국을 공산화할 것을 시도하고 있습니다.

이들이 노리는 것은 최순실 사건으로 촉발된 정국 불안을 오직 박근혜 정권 타도로 몰고 가 북한의 도움을 받아 한국을 공산화하려고 시도하고 있습니다."

"그러나 촛불 급진파를 제외한 보수파를 포함한 대다수 국민들의 생각은 다릅니다. 그 실례로 박근혜 대통령이 잘못한 것도 있지만 잘한 것도 있다는 것을 다수 국민들은 분명하게 기억하고 있습니다.

대한민국을 북한식으로 공산화하려는 통합진보당의 해산을 위시하여 한미 연합사 해체 무기연기, 북한 정권의 돈줄이 되었던 개성공단 폐쇄 그리고 좌편향적 국사 교과서 개혁 등 대한민국의 정통성을 바로 세우는 데 기여한 박근혜 대통령의 노력은 평가해 주어야 합니다.

박근혜 대통령이 최순실에 대한 관리를 잘못하여 국정 농단을 일부 허용한 과실이 있긴 합니다. 그러나 김대중 전 대통령이 핵개발에 착수한 김정일에게 현대 그룹을 앞장 세우고 국정원을 시켜 국고금 4억 5천만 달러를 보내준 것보다 더 큰 죄를 지었는지 묻고 싶습니다.

그리고 박근혜 대통령의 잘못이 수도권 방어의 최 일선인 인천 앞바다까지 연장된 북방한계선을 노무현 전 대통령이 2007년 10.4 공동성명으로 김정일에게 통째로 넘겨주려 한 죄보다 더한 것인지 헌법재판관들과 국민 여러분들에게 물어보아야 할 것입니다.

어쨌든 박근혜 대통령 탄핵 소추안이 헌법재판소로 넘어갔으니 헌법재판소 재판관들은 '국민의 뜻'이니 '촛불 민심'이니 하는 극렬 좌파와 언론의 주관적 선동에 흔들리지 말고 오직 헌법과 양심에 따라 정당한 판결을 내려야 합니다.

더구나 요즘 촛불 시위대보다 두 배나 늘어난 태극기 시위대의 요구도 충분히 참작되어야 할 것입니다. 일방적 주장에 지나지 않는 검찰 공소장이나 언론 기사를 근거로 대통령 탄핵을 결정할 수는 없습니다. 부디 100년 1000년 뒤에도 세계에 모범이 되는 명 판결이 나와야 할 것입니다."

"그런데도 불구하고 헌법재판관들이 대통령에 대하여 끝내 탄핵 판결을 내린다면 어떻게 될까요?"

"종북 세력이 비록 촛불 군중 혁명을 시도한다고 해도 진보와 보수측 국민들의 유혈 충돌에 대비하여 충분히 대비하고 있던 황교안 대통령 권한 대행 정부가 제 할 일을 제대로 수행할 것입니다.

그리고 그동안 촛불 시위에 가담하지 않고 은인자중하여 온 기독교 불교 천주교의 3천만 신도들이 대한민국이 공산화되는 것을 강 건너 불구경하듯 지켜보고만 있지 않을 것입니다.

한국이 공산화될 경우 지금의 북한에서처럼 원초적으로 종교 행위 자체가 말살되어 신앙생활이 불가능해질 것임을 그들은 누구보다도 잘 알고 있기 때문입니다. 따라서 대한민국이 공산화되는 일은 없을 것이고 법과 질서는 여전히 유지되는 저력을 발휘할 것입니다."

"과연 그렇게 낙관만 할 수 있을까요?"

"그럼요. 다른 것은 몰라도 시간을 거꾸로 흐르게 하는 것이 불가능한 것처럼 극성 좌파들의 주장은 자연의 이치에 맞는 것이 하나도 없기 때문입니다. 그들의 주장이야 말로 해가 동쪽이 아니라 서쪽에서 뜬다는 말과 같이 이치에 맞지 않습니다."

"문재인 전 대표는 왕년의 특전사 대원이었던 자기를 보고 종북이라고 비난하는 사람이 있는데 그렇게 말하는 사람이 진짜 종북이라고 말했습니다. 그게 과연 합당한 말일까요?"

"그것은 20대 젊은이가 60대에도 똑 같은 일을 하게 되어 있다고 주장하는 것과 같이 말발이 서지 않습니다. 젊었을 때 기독교인들을 학살하는 살인 대행업자였던 사울이 장년이 되어서도 사도 바울이 아니고 살인 전문업자 그대로 남아 있을 것이라고 말하는 것과 같습니다.

아무리 젊었을 때 반공 투사인 특전사 대원이었다 해도 그로부터 강산이 네 번이나 바뀐 60대가 되어서도 계속 반공정신이 투철한 특전사 대원으로 남아 있으리라고 어떻게 장담할 수 있겠습니까?

문재인씨는 지금 누구보고 물어보아도 반공정신이 투철한 특전사 대원이기는커녕 친북 세력을 앞장서서 이끌어가는 정치 지도자임을 부인하는 사람은 남한 땅 그 어디에서도 찾아보기 어려울 것입니다."

과잉 반응이 아닌가?

2016년 12월 28일 수요일

한 달에 서너 번씩 찾아오는 대전에서 자영업에 종사하는 중년의 남자 수련생이 말했다.

"선생님 요즘은 왜 이렇게 세상이 시끄럽고 어수선한지 모르겠습니다. 그렇다고 해서 4.19나 5.16 때처럼 세상이 당장 뒤집힐 것 같지는 않으면서도 은근히 골 때리고 불안합니다.

어저께도 미국 LA에 이민 가서 사는 형님한테서 오래간만에 전화가 걸려왔는데 한국은 그동안 경제 발전도 많이 되어 세계 사람들의 부러움도 사는 것 같더니 요즘은 최순실 게이트니 뭐니 하고 지난 10월부터 줄곧 무슨 촛불 시위한다고 주말마다 소란을 피우니 도대체 어떻게 된 거냐고 물어 왔습니다."

"형님께서 궁금해 하시는 핵심이 무엇입니까?"

"박근혜 대통령을 뚜렷한 죄목도 없이 겨우 지인인 최순실을 잘못 관리 해온 것 때문에 탄핵이니 뭐니 하면서 나라가 당장 뒤집힐 것처럼 그 소란을 피우니 재미 교포들이 보기엔 대통령에 대한 말도 안 되는 과잉 반응이 아니냐는 겁니다. 어떻게 생각하십니까?"

"숲 전체의 상황을 알려면 숲 속에서 빠져 나와 멀찍하게 떨어진 곳에서 보아야 그 실상이 한 눈에 들어온다는 말이 있습니다. 엘에

이에 사는 형님의 말은 확실히 일리가 있습니다. 우리도 이젠 좀 차분하게 최순실 게이트를 곰곰이 되돌아보아야 할 때가 오지 않았나 생각됩니다."

"어떤 면에서 그렇게 생각되시는지요?"

"박근혜 대통령과는 근소한 표차로 18대 대선에서 아쉽게 낙선된 급진좌파 수장이 '최순실 게이트'를 하늘이 준 호기로 보고 기다렸다는 듯이 일제히 포문을 연 것이 해외 동포들에게는 유난히 돋보이는 것 같습니다.

여기에 호응이라도 하듯 이번에는 이상하게도 진보계 언론보다 주류 언론들이 최순실 사건에 자기네 명운이라도 건 듯이 좀 과하다 싶을 정도로 종횡으로 열심히 뛰고 있다는 겁니다.

주말마다 1백만, 2백만, 3백만, 4백만 촛불 시위대 동원에 막대한 비용이 들었을 텐데 도대체 그 돈은 어디서 나왔을까 하는 것도 수수께끼입니다. 촛불 시위대 한 명 당 5만원 내지 10만원이 지불된다는 소문이 벌써부터 시중에 좌악 퍼져 있습니다.

급진좌파, 주류 언론, 촛불 시위대로 세상에 크게 두각을 나타낸 이 소란을 이제는 조용히 좀 눈감고 되돌아 볼 때가 되지 않았나 생각됩니다. 그리하여 그곳에서 대한민국이 나아갈 새로운 진로를 찾아내는 지혜를 모색해야 된다고 생각합니다."

"그건 그렇다 치더라도 우리나라에는 왜 다른 나라들보다도 좌파들이 그렇게도 유난히 설쳐대는지 그 이유를 모르겠습니다.

더구나 노무현 정권 때는 사회주의 경제개혁까지 시도하다가 참담하게 실패하여 노무현의 후계자 정동영 후보가 이명박 후보보다 무려 5백 3십만표의 차이로 17대 대선에서 참패를 당했습니다.

그로부터 겨우 8년의 세월밖에 흐르지 않았는데도 지금 최순실 파동에 편승한 촛불 배후 세력은 '노동자가 주인이 되는 세상은 사회주의가 답이고 북쪽은 우리의 미래이며 양심수 이석기를 석방하라'고 사회주의와 북한의 공산당 세습왕조 체제에 환장한 것처럼 외치고 있습니다.

게다가 이것은 진정한 의미의 촛불민심이 아니고 미선 효선 배상 청구, 맥아더 원수 동상철거와 평택미군지기 반대를 끈질기게 외쳐온 민노총의 목소리입니다.

그리고 시간을 거꾸로 살자는 정신병자들이 아닌 이상 어떻게 그들은 대한민국을 국민 전체가 주인이 되어 잘 사는 나라가 아닌 겨우 '노동자가 주인이 되는 세상은 사회주의가 답이고 북쪽은 우리의 미래이며 양심수 이석기를 석방하라'고 소련이 붕괴되기 전에도 유행하지 않던 시대착오적인 구호를 외치고 있을까요?

공짜에 환장한 군상

도대체 무엇 때문에 시효가 지나 남들이 쓰레기통에 내다버려 썩어버린 지 25년이나 되어 악취가 진동하는 공산주의에 그렇게도 환장을 할까요?"

"그 이유는 한국의 좌파들은 아직도 공산주의 다시 말해서 공짜주의의 환상에서 헤어나지 못했기 때문입니다.

공산주의란 원래 스스로 노력을 하여 부를 쌓아 올리기보다 유산계급인 부르주아가 이미 구축해 놓은 재산을 강제로 빼앗아서 공평하게 공짜로 나누어 갖자는 도둑놈의 심보에서 시작되었기 때문입니다.

19세기 말에 나온 마르크스 엥겔스의 '자본론(資本論)', '공산당 선언'은 이러한 도둑놈의 심보를 후안무치(厚顏無恥) 하게도 학문적으로 포장한 것에 지나지 않습니다. 바로 이러한 도둑의 심보가 도덕적으로 세련된 구미(歐美) 선진 사회에서 정치인들과 군중들에게 먹혀들 리가 없었습니다.

겨우 그 당시 문명사회에서는 변방에 지나지 않던 봉건시대의 농노제도가 그대로 남아 있던 러시아에서 레닌이 이끄는 공산당이 몽매한 노동자 농민을 선동하여 1917년에 공산 혁명이 성공했습니다. 그러나 그때 이룩된 소련은 겨우 74년을 넘기지 못하고 1991년에 스스로 공중분해 되어 망해 버리고 말았습니다.

그 후 중국에서도 공산주의는 뿌리내리지 못했고 쿠바에서도 마찬가지였습니다. 지금 지구촌에서 공산주의 제도가 남아있는 나라는 북한밖에 없습니다.

자연의 이치에도 사람의 심성에도 진리에도 부합되지 않는 공산주의를 겨우 핵과 미사일의 위협으로 버티어 보려고 발버둥치는 북한식 공산당 세습 왕조를 따르겠다는 사람들이 바로 다름 아닌 한국 좌파 정치인들입니다."

"도대체 무엇 때문에 한국의 좌파들은 전 세계인들이 철저하게 외면하는 공산주의에 그렇게도 연연할까요?"

"결국은 이기주의 때문입니다."

"이기주의가 무엇입니까?"

"사욕(私慾)입니다."

"사욕은 무엇입니까?"

"거짓 나 즉 가아(假我)의 파생물입니다"

"가아는 또 무엇입니까?"

"가아는 해를 가린 구름과 안개 같은 것을 말합니다."

"그럼 해는 무엇을 말합니까?"

"그 해는 진아(眞我)요 자성(自性)이요 진리입니다."

"그럼 진아는 무엇입니까?"

"진아야 말로 우주 내의 일체의 존재의 중심이며 인간이면 누구나 다 가지고 있는 존재의 근원이고 자성(自性)입니다. 그러나 이러한 진아도 가아에 가려져 있는 동안엔 빛을 잃게 됩니다.

그러나 구도자가 관찰을 통하여 가아의 거짓의 실상을 파악하고 자성을 거머쥐는 것을 깨달음이라고 합니다."

"그럼 자성(自性)이 진리입니까?"

"그렇습니다. 그리고 자성이야 말로 우주의 핵심입니다. 그와 동시에 우리들 각개인의 중심이기도 합니다."

"그럼 자성은 우주의 중심인 동시에 우리들 각개인의 중심인가요?"

"그렇습니다. 그와 함께 사람이면 누구나 다 가지고 있는 본래면목(本來面目)이고 양심(良心)입니다. 결국은 진아, 자성, 양심은 다 똑 같습니다.

이 나라 정치인들이 추호라도 양심을 갖고 있다면 허황된 도둑놈 심보가 만들어 낸 공짜주의 즉 공산주의에 그처럼 정신 못 차릴 정도로 최면당하는 일은 없을 것입니다.

외교의 기본 망친 야당

그리고 그들에게 추호라도 애국심이 있고 외교의 초보라도 알고 있었다면 중국의 이간책에 놀아나 제일 야당의 송영일 전 인천시장이 일행을 이끌고 베이징에 가서 중국의 왕이 외교부장의 환대를 받고 환한 웃음을 날리는 일은 없었어야 할 것입니다.

왕이 외교부장이 한국에 사드 배치 중단을 요구하기 전에 송씨는 중국이 북한에 핵과 미사일을 갖지 못하게 관리하지 못한 것을 먼저 질책했어야 하는 것이 순서입니다.

왜냐하면 중국은 핵개발 초기부터 북한을 도와왔고 국제 사회의 반대에도 불구하고 북한의 핵개발을 지원해 온 것이 사실이기 때문입니다. 한국과 상호방위조약을 맺은 미국이 한국에 사드를 배치하기로 한 것은 북한핵 때문이지 다른 나라의 핵 때문은 아니니까요."

"그렇습니다. 그리고 이들 한국 대표단을 중국에 파견한 한국의 제일 야당은 월맹이 무엇 때문에 중국의 후원을 받아 베트남 전쟁터에서 미군을 철수시키고 숙원이던 공산 통일을 완수해 놓은 지 42년이 된 지금 새삼스레 미국을 베트남 군사 기지에 다시금 끌어들이려고 노력하는지 생각해 보았는지 묻고 싶습니다."

"그것은 가상이긴 하지만 마치 북한이 중국의 원조를 받아 한반도에서 미군을 철수시킨 뒤에 대한민국을 공산화한 뒤 42년쯤 뒤에 한

반도에 미군을 다시 끌어들이려는 것과 꼭 같은 상황이라고도 말 할 수 있습니다.

도대체 무엇 때문에 지금 베트남에서 이런 일이 벌어지고 있을까요?"

"단 한마디로 말해서 베트남은 지금 중국으로부터 영토권 분쟁으로 은근히 위협을 당하고 있기 때문입니다. 바로 그 때문에 베트남은 119년 전에 큰 나라인 청국과 러시아를 적대하고 있던 일본처럼 원교근공책(遠交近攻策)을 구사하고 있는 것입니다.

119년 전의 일본과 지금의 베트남과 폴란드가 원교근공책을 구사한다면 우리도 당연히 그래야 하는 것이 정도(正道)가 아닙니까?

중국은 북한을 입술로 보고 있습니다. 입술이 없어지면 이가 시릴 테니까 중국이 북한을 보호하듯 미국은 북한의 핵공격을 막으려고 동맹국인 한국과 사드 배치에 합의한 것입니다.

나는 한국의 제1 야당 내에 원교근공책(遠交近攻策)과 순망치한(脣亡齒寒)의 이치를 아는 책사가 도대체 단 한 사람이라도 있는지 알고 싶습니다.

만약에 없다면 지금 당장 유능한 책사를 초빙하던가 아니면 한국 제일 야당을 당장 그만 두어야 할 것입니다."

"그러고 보니 한국이나 베트남처럼 중국과 같은 강대국의 한 모퉁이에 붙어있는 작은 나라는 지정학적으로 중국의 압력을 받아 속국이 되지 않는 한 대등한 나라로 평화 공존하기는 불가능하다는 것이 숙명처럼 되어 있다는 것을 알 것 같습니다.

그 숙명에서 벗어나는 유일한 길은 강대국인 중국을 압도할 수 있는 미국과 같은 초강대국과 공수동맹을 맺는 길밖에 없습니다."

"그렇습니다. 이것이야 말로 외교의 기본 중의 기본입니다. 한국의 제일 야당은 이웃나라와의 외교 다변화를 위해서라고 변명하고 있습니다.

그러나 실은 사드에 대한 한국 내부의 단합을 깨려는 중국의 이간지계(離間之計)에 한국 야당이 보기 좋게 말려든 것을 보여주는 남 보기에 창피한 짓이 아닐 수 없습니다."

"평소에는 국내에서는 여야 간에 이견이 있어서 서로 고성을 지르고 삿대질을 하는 일이 있어도 외교 무대에 나가서는 여야 할 것 없이 단합된 소리를 내는 것이 국가 운영의 기본이 아닙니까?

그런데 이게 무슨 망신입니까? 그러고도 국회의원 회비 꼬박꼬박 타 먹으면서 나라를 위해 발벗고 나서서 일한다고 자기 지역 유권자들에게 떳떳하게 말할 수 있겠습니까?"

우아일체(宇我一體)

2017년 1월 14일 토요일

우창석 씨가 말했다.

"선생님, 깨달음이란 간단히 말해서 무엇입니까?"

"깨달음이란 수련 도중에 어느 날 문득 난데없이 수행자의 자성의 중심이 우주의 중심이고 그것이 바로 자기의 중심과 일치한다는 것을 피부가 전깃줄에 닿았을 때처럼 찌르르 느껴지는 것을 말합니다."

"우주의 중심이란 무엇을 말합니까?"

"그것이 바로 『천부경』 첫머리에 나오는 하나 즉 시작도 끝도 없는 하나를 말합니다."

"그렇다면 그 구도자는 바로 그 순간부터 우주와 하나가 되어 그야말로 우아일체(宇我一體)가 되는 것이 아닙니까?"

"그렇습니다. 그리고 바로 그 순간부터 하느님의 분신에서 하느님 자신과 하나가 되는 것입니다."

"그렇다면 당장 하느님 자신이 된다는 말씀인가요?"

"물론 그 순간부터 하늘 기운으로 온몸이 은은하게 달아오르긴 하지만 은인자중할 줄 알고 있으므로 당사자는 남들에게 그 사실을 소리쳐 알리는 짓은 하지 않고, 하느님이면서도 지금까지 살아온 개체로서의 삶을 그대로의 삶을 살아가게 됩니다."

"그럼 속으로는 하느님과 한 몸이면서도 겉으로는 평소와 똑 같은 삶을 살다가 자신을 필요로 하는 순간이 오면 주저 없이 달려나가게 된다는 말씀이군요."

"그렇습니다."

"그럼 하느님의 선택에 따라 예비역에서 현역도 되고 현역에서 예비역도 된다는 말씀입니까?"

"맞습니다."

"그러니까 깨달은 사람은 누구나 다 그 사실을 알고 있으므로 위급할 때를 위해 스스로 준비하고 대기 상태에 있다가 소명을 받았을 때 일초의 지체도 없이 우주의 중심인 하느님의 뜻에 따라 일사불란(一絲不亂)하게 움직이게 된다는 얘기군요."

"그렇게 보아도 됩니다."

이재용 부회장과 박 대통령

2017년 1월 16일 월요일

우창석 씨가 말했다.

"어제 저녁에 출가하여 이웃 아파트에 사는 여동생이 와서 시누이와 이런 얘기 저런 얘기 하다가 뜬금없이 말했습니다.

'이재용 삼성전자 부회장이 밤낮을 가리지 않고 뻔질나게 특검에 불려 다니면서 '구속 영장을 신청하느니 당장 구속을 하느니' 하고 마치 잡범 취급당하는 모습을 보면 불쌍하기도 하고 안쓰럽기도 하네요.

국내 제일의 기업으로서뿐만 아니라 한국이 낳은 글로벌 기업의 총수로서 일거수일동작이 세계 언론의 각광을 받고 있을 뿐만 아니라 한국의 국가 예산의 반에 가까운 매출을 기록하고 있는 삼성의 1년 예산이 북한의 몇 배나 되는 기업의 장이 이런 대접을 받아야 하는지 마음이 착잡해요.

이런 때는 차라리 박근혜 대통령이라도 선뜻 나서서 모든 책임은 대통령인 나에게 있으니 나를 구속하고 이재용 부회장은 국가 경제를 살리기 위해서라도 풀어주라고 해야 되는 거 아니예요? 그래야 기업도 살고 대통령도 산다고 봐요.

그러나 그것도 때를 놓치면 무슨 소용이 있겠어요. 지금이 바로 그때인데.

대통령이 그렇게 나오면 비록 지금은 탄핵 소추를 당한 처지일망정 우리나라 최초의 여자 대통령다운 기백과 체면이 살아나는 거 아닐까요? 그런데도 자기만 살려고 지금처럼 몸을 사리기만 한다면 그녀를 대통령으로 뽑아준 국민들 대하기기 민망스럽지도 않은지 모르겠어요.

그러지 말고 지금이라도 늦지 않았으니 이재용 부회장을 구하는데 일대용단을 내렸으면 좋겠어요. 그렇게 하지 않고 지금처럼 계속 침묵만 지키고 있으면 그녀를 열심히 밀어주었던 콩크리트 지지층마저 콩가루가 되고 마는 건 아닌지 모르겠네요.

그리고 그녀의 통일 대박은 그야말로 영영 별 볼일 없는 빈 껍질로 전락하고 말 것 같아요.

그뿐만 아니고 자기가 대통령이 되면 삼성의 재산을 전액 몰수하여 빈곤층에게 골고루 나누어 주겠다고 공약한 요즘 갑자기 두각을 나타낸, 공짜로 나누어주기 좋아하는 주사파 정치인과 같은 어중이 떠중이 군상들이 계속 줄을 이을 것 같아요.'

평소에 시사 문제에 대하여 별 관심도 없는 여동생의 이 같은 발언에 저는 말문이 막혀서 아무 말도 못했습니다. 만약에 사모님께서 이와 비슷한 말씀을 하신다면 선생님은 뭐라고 대답하겠습니까?"

"법리(法理)가 어떻든 간에 촛불 민심 뒤에 태극 민심이 나타났다더니 이제야 적나라한 주부 민심을 대한 것 같습니다. 그리고 국제 관계에서는 정의(正義)보다는 국익이 우선하는 것을 감안한다면 황금알보다는 황금알 낳는 거위부터 살려놓고 보아야 한다고 봅니다.

정의는 나라가 부강해진 다음에 국가 시책으로 꼼꼼하게 챙겨나가야 한다고 봅니다.

그런 의미에서 삼성의 전 재산을 몰수하여 극빈자들에게 골고루 나누어 주겠다는 어느 대통령 지망생의 폭언은 바로 황금알 낳는 거위부터 잡아먹자는 어리석음의 극치만을 폭로한 막말이 아닐 수 없습니다.

그는 무엇 때문에 26년 전에 북한을 빼놓고 소련을 포함한 동유럽 공산주의 국가들이 한순간에 멸망해버렸는지 아직도 모르고 있는 것 같습니다. 그렇게 무식한 사람이 대통령이 된다면 나라 꼴이 어떻게 될지 한심한 생각이 듭니다.

3일 후면 미국 대통령에 취임할 트럼프 대통령 당선자는 벌써부터 글로벌 기업들로부터 미국 영토 안에 공장을 짓도록 약속을 차곡차곡 받아냄으로써 1백 30만개 이상의 일자리부터 챙기고 있는 것이 남의 일 같지 않습니다.

그들 글로벌 기업들 중에 삼성이 유독 눈에 띕니다. 삼성이라는 똑같은 대상을 놓고 미국은 돈을 긁어낼 궁리를 하는데 비해 한국의 철없는 대통령 지망자는 당장 잡아먹지 못해 전전긍긍하는 승냥이처럼 날뛰는 것이 어쩌면 이렇게도 대조적인지 모르겠습니다.

그 대통령 지망생은 지구상에서 무엇 때문에 유통기간이 지난 식품처럼 소련을 위시한 공산주의 국가들이 일제히 조류 인프루엔자 병균에 감염된 닭처럼 땅속에 매몰당했는지 모르고 있습니다.

이렇게도 무식한 자가 한국의 대통령이 되어 무엇을 어떻게 하겠다는 것인지 한심하고 또 한심할 뿐입니다."

남북 분단 72년

2017년 1월 21일 토요일

우창석 씨가 말했다.

"오늘 미국에서는 트럼프가 45대 대통령이 되어 과거와는 달리 자국의 이익 챙기기를 최우선으로 삼는다고 야단법석인데 우리나라는 1945년에 미국과 소련에 의해 국토가 남과 북, 두 쪽으로 분단이 된지 72년이 되도록 통일은 갈수록 더 아득하게 멀어져만 가는 것 같습니다.

우리나라가 남북 분단이 된 해에 태어난 해방둥이가 벌써 금년에 나이가 72세의 노인이 되었으니 얼마 안 있으면 해방둥이마저 이 땅을 하직하게 될 것 같습니다.

문재인 대통령 지망자는 자기가 대통령이 되면 미국이나 중국에 가기 전에 북한부터 먼저 방문하고 중단된 개성공단과 금강산 관광부터 재개하겠다고 말했습니다.

그렇게 하는 것이야말로 틀림없이 통일의 길을 열기라도 할 것처럼 자신만만해 하고 있습니다. 이에 대하여 선생님께서는 어떻게 생각하십니까?"

"개성공단과 금강산 관광 재개는 앞으로 있을 통일에는 별로 도움이 되지 못할 것입니다."

"왜요?"

"개성공단과 금강산 관광은 북한 당국에 의해 애초부터 통일과는 관계 없이 순전히 외화벌이를 위해서 시작된 것이기 때문입니다. 따라서 개성공단과 금강산 관광은 북한에게 외화벌이만 시켜주었을 뿐 통일에는 쥐뿔도 기여한 것이 없습니다.

통일에 기여하기는커녕 개성공단과 금강산 관광으로 벌어들인 외화는 북한으로 하여금 핵과 미사일 개발만 가속화시킴으로써 통일이 더욱 더 멀어지게 하는 데 기여했을 뿐입니다."

"그럼 어떻게 해야 진짜로 통일에 기여할 수 있겠습니까?"

"북한이 먼저 남북이 합의한 비핵화 협정을 어기고 핵을 개발하기 시작한 이상 핵 개발을 중단해야 합니다. 그래야 남북 소통도 통일 협상도 다시 시작해 볼 수 있습니다."

"북한은 지금 대륙간 탄도 핵 미사일로 미국 본토를 공격하겠다고 큰소리치는 판인데 그런 요구가 씨가 먹히겠습니까?"

"씨가 먹히지 않는다면 북한과의 통일 협상을 못하는 것이죠. 상대가 끝까지 핵으로 승부를 보겠다는데 우리가 그들에게 무슨 대안을 내 놓을 수 있겠습니까?"

"그럼 통일은 요원한 장래의 일이 되는 것 아닙니까?"

"꼭 그렇지만은 않습니다. 우리가 꾸준히 북한의 안팎을 치밀하게 관찰하고 있으면 반드시 뜻하지 않은 북한의 약점을 포착할 수도 있습니다.

이 약점을 캐어 들어가다 보면 틀림없이 돌파구를 찾아낼 수 있습니다. 지피지기(知彼知己)는 백전불태(百戰不殆)라는 손자병법은 이 경우 꼭 필요한 전법이 될 것입니다. 상대를 알고 나를 알면 백번 싸워도 위태로운 일은 없게 될 것입니다.

텔레비전에 매일 비춰지는 북한의 장거리 포들을 유심히 살펴보면 하나같이 2차대전 때에 쓰이던 낡은 것 아닌 것이 없는데 최근에 들어 조금씩 새것으로 교체되고 있습니다. 그러나 이들 북한의 장사포들을 상대하는 한국군 장사포들은 전부 다 기동화되고 자동화되지 않은 것이 없습니다.

하긴 경제규모가 한국의 30분의 1밖에 안 되는 북한으로서는 한국군과의 싸움에서 살아남은 길은 미상불 값싸게 개발할 수 있는 핵과 화학병기밖에는 없을 것입니다.

그것뿐이 아닙니다. 북한에는 한국이 갖고 있는 최첨단화된 공군도 해군도 없습니다. 그러니까 북한은 핵무기 운반 수단으로서 공군의 역할을 대신할 수 있는 미사일을 개발하는 데 필사적일 수밖에 없습니다.

한국이 만약에 이스라엘처럼 아무런 외국의 간섭도 안 받는 처지라면 우리도 핵과 미사일을 개발하여 이스라엘이 자국의 30배가 넘는 영토와 인구를 가진 아랍 국가들을 꼼짝 못하게 제압하고 있듯이 북한을 능히 제압하고도 남을 수 있습니다.

그러나 한국은 미국과 상호방위조약을 맺은 동맹국이므로 미국의 동의 없이 핵과 미사일을 맘대로 개발할 수 없는 약점이 있는 대신에 유엔과 미국이 북한의 핵과 미사일 문제를 떠맡고 있습니다.

따라서 남북 문제에 관한 한 우리 자신이 주도권을 구사할 수 있는 길은 현재로서는 거의 막혀 있다고 보아야 할 것입니다.

그런데도 불구하고 문재인 더 민주당 전 대표가 대통령이 되어 제 아무리 미국과 중국을 제치고 제일 먼저 북한을 방문하고 개성공단과 금강산 관광을 재개한다고 해 봤자 북한은 적극 환영하겠지만 한국의 철없는 운동권 출신 주사파들을 제외하고 누가 그를 환영하겠습니까?

김대중 전 대통령과 김정일 사이에 맺어진 2000년의 6.15 남북 공동성명이나 노무현 전 대통령과 김정일 사이에 맺어진 2007년의 10.4 공동성명처럼 사장(死藏)될 가능성이 농후합니다."

"만약에 문재인 전 대표가 대통령이 되어 북한에 가서 미군 철수를 주장한다면 어떻게 될까요?"

"북한과 중국은 그를 쌍수를 들어 환영하겠지만 김일성과 김정일을 숭배하는 주사파 운동권 출신 정치인인 그를 일찍부터 반대하여 온 대한민국 국민들은 대통령으로서의 그를 탄핵할 수도 있을 것입니다.

따라서 결국 지금의 남북 분단 사태를 가져온 1953년 휴전 협정의 효력은 한반도를 둘러싼 국제관계의 큰 변동이 없는 한 그대로 현상 유지될 것입니다."

"그럼 벌써 72년이나 된 남북 분단 상태와 통일의 전망은 어떻게 될 것 같습니까?"

남북 드라마 공동체

"동서독의 통일은 미소 국제 관계의 변화도 큰 역할을 했지만 동독인들의 서독으로의 대량 유입이 결정적인 역할을 했습니다. 동독 주민들은 그 당시 북한 주민들처럼 외부 정보에 꽉 막혀 있지 않았습니다.

서독 주민들은 동독을 자유롭게 여행하여 이산가족을 만날 수도 있었고 동서독 간에는 신문과 방송이 개방되어 있었습니다. 이 때문에 동독 주민들은 서독 주민들이 자기네들보다 3배나 더 잘 살고 있다는 것을 환히 다 알고 있었습니다.

미국과 소련 사이에 해빙 무드가 일어나고 1990년 전후 국경 경비가 다소 느슨해지자 동독 주민들은 대량으로 서독으로 흘러 들어가기 시작했습니다. 주민 이동이 가속화되면서 동독의 엘리트와 공무원들도 이 흐름에 가담하기 시작했습니다.

마침내 동독은 인재난으로 더 이상 국가를 운영해나갈 수 없는 지경에 이르자 스스로 서독에 백기 투항함으로써 불가피하게 서독으로의 흡수통일의 길을 걷지 않을 수 없게 되었습니다."

"그럼 우리는 그때의 서독보다 훨씬 더 잘 살고 있으므로 독일처럼 북한이 남한에 흡수 통일이 될 가능성이 있지 않을까요?"

"그럴 가능성은 아직은 미지수입니다. 그러나 요즘 새로 한국에 정착한 탈북자들은 그 전과는 달리 북한 사투리가 아니라 남한 사람들과 비슷한 말씨를 쓰고 있다는 데 주목해야 할 것입니다."

"그건 어떻게 된 것이죠?"

"최근에 한국에 전향해 들어온 태영호 전 영국 주재 북한 공사는 요즘 북한 주민들은 누구를 막론하고 한국과 거의 동 시간대에 방송되는 남한 텔레비전 드라마 방송을 누구든지 열심히 보고 있으므로 자기들도 모르게 등장인물들의 말씨를 흉내 내다가 보니 자기들도 모르게 말씨가 방송극 주인공들을 점차 닮아가고 있다고 말했습니다."

"문화란 물처럼 높은 데서 낮은 데로 흐르게 마련이니까요. 그럼 한국은 독일과는 달리 국토와 주민의 통일이 아니라 말씨의 통일이 먼저 이루어지는 것이 아닐까요?"

"그것은 이미 움직일 수 없는 대세로 굳어가고 있습니다. 한국 드라마는 말씨 통일뿐만 아니고 남북한 주민들 사이에 드라마 공동체라고도 말할 수 있는 특이한 문화 통일 경향을 만들어 가고 있습니다.

북한 주민들은 남한 드라마를 시청하는 가운데 남한 동포들의 생활 양상과 실상을 속속들이 구체적으로 알게 될 것이고 자기네들이 남쪽 동포들보다 얼마나 열악한 생활을 하고 있는지 자각할 수 있게 될 것입니다."

"북한 당국자들은 이에 대하여 어떻게 대처하고 있습니까?"

"남한 방송을 시청하는 것을 적발하려고 필사적입니다. 남한 드라마 시청자가 발각되면 공개 총살을 합니다. 최근에는 북한의 고위 인사도 남한 드라마 보다가 발견되어 총살을 당했다고 합니다."

"중국은 어떤 태도로 나옵니까?"

"중국의 전자제품 제조업자들은 북한 주민들이 간편하게 휴대할 수 있는 수신장치를 고안하여 북한으로 전량 수출하고 있는데 언제나 수요보다 공급이 달린다고 합니다."

"동독 주민들이 국경을 통과하여 서독을 향해 대이동을 하게 된 것은 자기네가 서독 주민들보다 3배나 못 살고 있다는 것을 개방된 정보기관들을 통하여 환히 알고 있었기 때문이었습니다.

동독 주민들은 이러한 실상을 알고 늘 서독을 동경하고 있다가 기회가 오자 터진 봇물처럼 서독으로 대이동을 개시했습니다. 이것이 서독의 동독 흡수 통일의 단서가 되었습니다.

그렇다면 북한 주민들도 평소에 드라마와 뉴스를 통해 남한의 실정을 훤히 꿰뚫고 있다가 기회만 생기면 남한으로의 대량 탈출이 일어날 수 있지 않을까 하는 생각이 듭니다."

"문제는 독일은 동서독 사이에 광범한 국경지대가 형성되어 있었지만 남북한 사이에는 사람이 살지 않는 남북 각각 2km씩 도합 4km 간격의 철통같이 경비되는 비무장 지대를 사이에 두고 있으므로 주민 왕래가 사실상 불가능하다는 것입니다.

북한과 중국 사이의 한만 국경은 중국을 경유해야 되므로 월경이 결코 쉽지 않습니다."

"그러나 한국 드라마 시청률이 북한 주민들 사이에 계속 늘어날 경우 문제는 달라지지 않을까요?"

"세상일은 마음먹기에 달려 있다고 해서 불경에도 일체유심소조(一切唯心所造)라는 말도 있지 않습니까?

남쪽의 드라마를 통해서 북한 주민들이 남북한의 실정을 속속들이 꿰뚫고 있는 동안에 자신들이 처한 처지가 어떤 상태이고 그 원인이 어디에 있고 누구에게 그 책임이 있고 지금의 지옥과 같은 상태를 벗어나려면 어떻게 해야 한다는 자각이 싹트게 될 것입니다. 그렇게 되면 북한 주민의 민심 동향의 대체적인 흐름은 스스로 결정될 것입니다.

그러는 사이에 지금처럼 일반 주민들은 말할 것도 없고 북한의 외교관을 비롯한 고위 공직자들과 엘리트층의 탈북이 계속 늘어나고 한국 정부도 여기에 맞추어 통일 정책을 재조정하여 이를 지원하고 북한의 핵과 미사일에 대한 유엔과 미국을 위시한 국제 사회의 압력과 제제가 계속 가중된다면 통일은 아무래도 우리 쪽에 유리하게 전개될 것입니다."

"그렇게 되면 김일성 김정일을 숭배하던 80년대의 한국의 운동권 출신 야당 정치인이 대통령이 되어 미국과 중국보다 먼저 북한에 찾아가 김정은을 만날 필요도 없어질 것이고 개성공단과 금강산 관광을 재개하여 북한의 핵과 미사일 개발을 계속 도와주는 구차한 짓을 하지 않아도 통일은 스스로 찾아오지 않을까요?"

"그러나 북한을 사실상 지배하고 있는 집단은 북한 공산당인 북조선 노동당입니다. 그 노동당 규약 제 1조에 '조선 노동당은 남조선 해방을 제1 목표로 한다'고 규정되어 있습니다.

북한이 그렇게도 끈질기게 핵과 미사일에 집착하는 것도 '남조선 해방' 때문입니다. 북한이 이러한 흉계를 품고 이를 차곡차곡 실천하고 있는데도 그들과 사이좋게 지내보자고 김대중, 노무현 정권 10년 동안 그렇게도 퍼주기를 하고도 모자라 그 후계자가 또 대통령이 되어 제일 먼저 북한을 방문하겠다는 것은 범과 친해지려고 양이 새끼들을 앞세우고 범의 아가리 속으로 먼저 들어가겠다는 것만큼이나 어리석은 짓이 아닐 수 없습니다."

북핵 문제 일거에 해결될 수도

"그렇습니다. 한국의 야당들도 그동안 그만큼 북한에게 얻어맞고 속아왔으면 이제는 북한에 무조건 퍼주기도 중단하고 제 정신 차릴 때가 되지 않았나 하는 생각이 듭니다.

그리고 어디까지나 북한 주민들은 남한 드라마에 의해, 지난 72년 동안 북한은 천국이고 남한은 지옥이라고 세뇌만 당해온 자신들이 감쪽같이 속아왔다는 것을 깨닫고 민중 봉기를 단행하여 북한의 현 지도층이 어떠한 형태로든 교체되어 남한 적화야욕이 사라지고 북한의 기층 주민 생활 향상을 위한 퍼주기라면 얼마든지 가능한 일입니다."

"그러나 아직까지는 북한 주민들 속에서 북한의 김씨 왕조에 대한 반항 운동이 조직화되고 있다는 어떠한 징후도 보이지 않습니다.

그것보다는 트럼프가 미국 대통령으로 취임한 후 북핵에 대한 강경파인 매티스 국방과 같은 각료들이 속속 등장하고 있고 미국의 전략 자산인 첨단 무기들이 극동에 배치되고 있는 것을 볼 때 북핵 문제는 어쩌면 미국에 의해 전광석화(電光石火)처럼 신속하게 해결될지도 모른다는 전망이 대두되고 있습니다.

경제 분야와 아랍 국가들의 테러 위험에 대해서는 미국이 국익 우선주의를 채택하면서도 수십 년 묵어온 북한 핵 문제에는 뜻밖에도 강경파들이 포진하여 한미동맹 강화로 일거에 해결을 시도하고 있는 것 같습니다.

이들 강경파들 사이에서는 지금까지 논의만 되어 왔을 뿐 실행은 계속 보류만 되어왔던 숙제들이 일거에 풀릴 수도 있는 징후들이 나타나고 있습니다. 각종 북한 핵 시설 제거, 지휘부 소탕, 참수작전 등이 어쩌면 이번에 결행될 가능성이 있습니다. 그와 함께 참수 작전 외에도 정권 교체 역시 논의되고 있습니다."

"미국은 이러한 작전의 원활한 수행을 위해 러시아와 급속히 친해짐으로써 중국을 견제하는 우회 전략까지 구사하고 있습니다. 이렇게 볼 때 트럼프의 등장이 중국 일본 독일 영국 등에는 재앙이 될 수 있을지 모르지만 한국에만은 밝은 전망을 가져올 수도 있지 않을까 합니다."

"그것을 입증이라도 하듯 이번에 부임 후 한국을 제일 먼저 방문하는 미국 해병대 장성 출신인 매티스 국방장관의 별명은 '미친 개'라고 합니다. 왜 그런 별명이 붙었냐 하면 누구하고든지 일단 싸움이 붙으면 절대로 져본 일이 없었기 때문입니다.

그는 세 번에 걸쳐 해병 소대장으로 강릉에서 훈련을 받은 일이 있다고 합니다. 당시 한국측 해병대원에게서 김치도 얻어먹는 등 도움을 받았다고 합니다.

그는 혹시 트럼프가 말했던 방위비 분담 문제를 꺼내는 게 아닌가 했었지만 아무 언급도 없었다고 합니다. 그 대신 그는 '미국은 언제나 한국과 함께 할 것이고… 어느 누구도 한미 양국을 이간할 수 없다'고 말했다 합니다.

북한 핵 문제 하나 독자적으로 해결하지 못하고 이처럼 미국에 의존하는 것이 심히 자존심 상하는 일이긴 하지만 이런 일이 있을 때마다 우리는 자주 국방력 확충에 한 발짝씩이라도 더 다가가야 하겠다는 다짐과 함께 실력과 기백을 키워야 할 것입니다."

7000년 계속된 초강대국

"그렇습니다. 그렇게 하는 것만이 환국, 배달국, 단군조선 72세 총 6960년 동안 동양 천지에서 오로지 우리 민족만이 누려왔던 초강대국 지위를 다시 찾는 계기가 될 수 있을 것입니다."

"과연 72세 총 6960년 근 7000년 동안 그 시절엔 지구촌 동아시아는 물론이고 지구상에서 처음으로 우리 조상들은 초강대국 지위를 지켜온 기록을 세운 것입니다.

그리고 단군조선은 인류 역사상 최초로 재세이화(在世理化) 홍익인간(弘益人間)이라는 국가 이념을 내세운 도인들이 세운 나라를 갖게 했습니다."

"국가 이념이 재세이화 홍익인간이었다면 당시의 구도자인 도인들의 수행 목표는 무엇이었습니까?"

"반망즉진(返妄卽眞) 발대신기(發大神機) 성통공완(性通功完)이었습니다."

"반망즉진이 무슨 뜻입니까?"

"삼일신고(三一神誥) 마지막 절에 나오는데, 그 뜻은 가아(假我)를 버리고 진아(眞我)를 움켜잡는다는 뜻입니다.

그 아득한 옛날인 7천 년 전에 그러한 수행 목표를 세웠다는 것 자체가 놀랍기 짝이 없습니다."

"드디어 대우주의 진리의 핵심체와 하나가 되었다는 얘기군요. 그럼 발대신기(發大神機)는 무슨 뜻입니까?"

"신령스러운 기틀을 크게 진작시킨다는 뜻입니다."

"그럼 성통공완은 무슨 뜻입니까?"

"진리를 깨닫는다는 말입니다. 반망즉진(返妄卽眞) 발대신기(發大神機) 성통공완(性通功完)은 모두 다 진리를 깨닫는다는 말로서 크게는 구경각(究竟覺)을 했다는 것이고 세부적으로는 그 깨달음의 순서를 표시하고 있습니다."

"그럼 견성(見性)한다는 말이 아닙니까?"

"바로 그 뜻입니다. 그리고 더 이상 생로병사로 허덕이는 일이 없다는 뜻이기도 합니다.

그리고 구경각을 성취하여 생불생(生不生) 사불사(死不死) 즉 생도 없고 사도 없는 생사불이(生死不二) 즉 생사일여(生死一如)의 경지에 진입했다는 뜻이군요."

"그렇습니다. 그것도 이미 석가모니가 태어나기 2560년 전, 그리고 예수가 태어나기 2017년 전에 일어난 일입니다."

"그런 말씀을 들으니 선배 도인들이 무한정 자랑스럽습니다."

"그리고 그 후손인 현대를 살아가는 우리는 앞으로 어떻게 살아야 할 것인지 스스로 큰 다짐을 하게 합니다.

단지 유감스러운 것은 그 자랑스러운 우리 역사의 시발점인 환국 시대 7세(世) 3301년, 배달국 시대 18세 1565년, 단군시대 47세 2096년, 환단 시대 총 6960년 역사가, 우리나라가 일제의 식민지에서 해방된 지 72년이 된 지금까지도 국내의 중고등학교 역사 교과서에서 몽땅 빠져있는 채 그대로 방치되어 있다는 것입니다."

"도대체 그 원인이 어디에 있습니까?"

"그 원인은 두 말 할 것도 없이 일본에서는 벌써 황국 식민사학자들이 스스로 사라졌는데도 불구하고 한국에서는 식민사학자들이 아직도 활개치고 있을 뿐 아니라 각급 학교 역사 교과서를 그대로 집필하고 있기 때문입니다."

"일제 강점기에는 우리나라의 주권이 일본에 빼앗긴 상태이므로 저들이 한국인들을 자국의 노예로 길들이기 위해서 제멋대로 한국사를 왜곡날조를 한다고 해도 아무도 어쩔 수 없었습니다.

그러나 지금은 이미 우리가 일본으로부터 해방이 된 지도 72년이나 세월이 지났는데도 일본의 이익에 맞추어 제멋대로 위조해 놓은 우리 역사를 각급 학교에서 그대로 가르친다는 것은 이해를 할 수 없습니다. 도대체 이것은 누구 잘못입니까?"

"대한민국 문교부가 앞장서서 식민사학자들이 교과서 집필을 못하게 하고 일제 강점기 35년 동안 해외로 망명을 하거나 국내에 숨어 지내던 민족주체 사학자들에게 당연히 교과서 집필을 의뢰했어야 합니다. 그런데 문교부 공무원들은 그런 조치를 전연 취하지 않았습니다."

"도대체 왜 그래야만 했습니까?"

"그 이유는 문교부 공무원들이 전부 다 하나같이 식민사학자들로부터 한국사를 배웠으므로 제자가 스승을 홀대할 수 없었기 때문이라고 합니다."

"그렇다면 국회의원을 비롯한 정치인들이라도 앞장 서서 역사 바로잡기 운동을 시작했어야 하지 않습니까?"

"당연히 그랬어야 합니다. 그러나 그들은 당리당략과 집권을 위하여 서로 싸움질 하느라고 그 누구도 역사 교과서 복원 문제는 거들떠 볼 여유가 없었습니다. 그래서 힘없는 재야 사학자들은 국회와 문교부 공무원들을 상대로 직무 태만으로 법원에 고소까지 했습니다."

"그래 그 결과는 어떻게 되었습니까?"

"고소인들의 애국 충정은 이해하지만 역사 문제 특히 상고사 문제는 실정법에 해당되지 않는다는 이유로 기각당하고 말았습니다."

"그럼 언제쯤 되어야 올바른 우리나라 상고사가 각급 학교 교과서에 등장할 수 있을까요?"

"우리나라 상고사에 대한 역사 의식이 투철하고 상고사 복원에 대한 사명감에 불타는 애국심이 투철한 정치인이 대통령이 된 연후에라야 비로소 환단시대 7천년의 역사를 되찾을 수 있을 것입니다."

"그 말씀을 들으니 요즘 역사 교과서에 대한민국 수립 기념일을 1919년 4월 11일 상해임시 정부 수립일로 하느냐 아니면 광복 후 1948년 8월 15일로 하느냐를 놓고 여야가 다투는 것은 어린애 장난으로밖에는 보이지 않습니다."

연정화기(煉精化氣)

2017년 2월 10일 금요일

한 달에 두 번씩 바쁜 시간을 내어 꼭꼭 찾아오는 부산에서 중소기업을 운영하고 있다는 55세의 박현석 씨가 말했다.

"선생님 저는 지난 10년 동안 『선도체험기』를 112권까지 반복해서 읽어오면서 제 나름대로 단전호흡, 등산, 달리기, 도인 체조를 열심히 하면서 몸공부 기공부 마음 공부를 바탕으로 삼공선도를 수련해 왔습니다.

다행히 수련 초기에 기문이 열리고 나서 얼마 안 되어 대맥이 통하고 뒤이어 소주천 대주천까지 수련이 호조로 진행되었습니다.

그런데 연정화기에서 딱 걸리어 더 이상 진전이 없습니다. 마치 배가 난 바다에서 잘 나가다가 암초에 걸린 것처럼 꿈쩍 안 합니다."

"그처럼 암초에 걸린 지는 얼마나 되었습니까?"

"벌써 2년이 되었습니다. 어떻게 하든지 저 혼자 힘으로 뚫고 나가보려 했지만 역부족입니다."

"부인과의 부부생활에는 이상이 없습니까? 그렇지 않으면 무슨 문제라도 있습니까?"

"사실은 연정화기(煉精化氣) 즉 접이불루(接而不漏)가 뜻대로 안 됩니다."

"그래요."

나는 당혹해 하는 그의 얼굴을 지긋이 지켜보다가 말을 이었다.

"마음이 느긋해야 되는데 내가 보기에 박현석 씨는 그렇지 못하고 좀 성급한 것 같습니다. 그렇다고 해서 남들이 하는 일상생활을 하면서도 선도 수련을 성공시켜보자는 것이 삼공선도의 생활신조인데 이제 와서 부부생활을 하지 말라고는 하지 않겠습니다."

"달리 무슨 방법이 있을까요?"

"심기혈정(心氣血精)이 무엇인지 아시죠?"

"『선도체험기』를 읽어서 잘 알고 있습니다."

"요컨대 마음을 어떻게 먹느냐에 달려 있습니다. 마음을 항상 느긋하고 편안하게 갖고 배짱이 두둑해야 합니다.

내일 지구의 종말이 온다 해도 오늘 나는 사과나무를 심겠다는 태평한 마음으로 자기자신의 기(氣)와 혈(血)과 정(精)에게 명령을 내려 사정(射精)을 마음대로 조종할 수 있게 해야 합니다. 성급함과 조급증은 절대금물입니다.

일단 소주천을 거쳐 대주천을 할 수 있게 되면 합방이 계속되어도 사정량(射精量)은 계속 단계적으로 줄어들다가 결국은 나오지 않게 됩니다. 그리하여 수행자는 10단계에 걸쳐서 심신에 현저한 변화가 일어나게 되어 수련의 보람을 만끽할 수 있습니다.

선도의 선배들은 부부생활은 하면서도 다음과 같은 방중술(房中

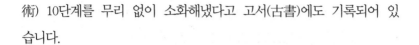

術) 10단계를 무리 없이 소화해냈다고 고서(古書)에도 기록되어 있습니다.

10단계

한 번 동하되 내지 않으면 기력(氣力)이 강해지고
두 번 동하되 내지 않으면 이목(耳目)이 총명해지고
세 번 동하되 내지 않으면 지병(持病)이 사라지고
네 번 동하되 내지 않으면 오장(五臟)이 편안하고
다섯 번 동하되 내지 않으면 혈맥(血脈)이 좋아지고
여섯 번 동하되 내지 않으면 허리가 튼튼해지고
일곱 번 동하되 내지 않으면 다리 힘이 강해지고
여덟 번 동하되 내지 않으면 몸에서 광택(光澤)이 나고
아홉 번 동하되 내지 않으면 장수(長壽)를 누리고
열 번 동하되 내지 않으면 신명(神明)이 밝아진다.

또한 연정화기를 제대로 성취하려면 정신 똑바로 차리고 진지한 자세로 지극정성을 다해야 합니다. 그러자면 단지 색을 즐긴다는 저질 속물 인식에서 벗어나야 제대로 지도령의 도움을 받게 되어 있습니다.”

“발기는 하되 사정만 안 하면 과연 1단계에서 10단계까지 수련이 진행하는 동안 기력(氣力)이 강해지고, 이목(耳目)이 총명해지고, 지병(持病)이 사라지고, 오장(五臟)이 편안하고, 혈맥(血脈)이 좋아지

고, 허리가 튼실해지고, 다리 힘이 강해지고, 몸에 광택(光澤)이 나고, 장수(長壽)를 누리고, 신명(神明)이 밝아질까요?"

"그렇고말고요. 얼마나 담담한 자세로 지극 정성을 다할 수 있느냐에 성패는 달려 있습니다.

100세 수명 시대를 말하던 때가 엊그제 같은데 벌써 120세 또는 150세 시대가 거론되고 있습니다.

연정화기 10단계 수련을 제대로 마친 사람이면 앞으로 500세 900세의 무릉도원 시대에도 수련의 선두 주자가 될 수 있을 것입니다.

장래에는 연정화기 통과 여부가 노화를 역전시켜 수련의 성패를 가름하는 지표가 될 것입니다. 부디 분발하기 바랍니다."

"자세한 가르침 고맙습니다."

누가 대통령이 되어야 할까?

2017년 2월 13일 월요일

우창석 씨가 말했다.

"반기문 전 유엔 사무총장이 귀국한 지 20일 만에 갑자기 대선 출마를 포기한 후에 선거 판도가 확 바뀌어 버렸습니다. 대통령 후보 인기도 여론 조사에서 부동의 1위는 문재인 전 대표가 차지하고 있고 반기문 씨 자리에 안희정 충남지사와 황교안 대통령 권한 대행이 들어섰습니다.

5공 이후 노태우, 김영삼, 김대중, 노무현, 이명박, 박근혜로 이어지는 여섯 대통령을 겪었습니다. 요즘 시중에는 다음 대통령은 어떤 사람이어야 할까 하고 유권자들의 예측이 분분합니다. 선생님께서는 어떤 사람이 대통령이 되어야 한다고 보십니까?"

"남북이 지금처럼 첨예하게 대립하고 있는 상황에서는 적어도 통일이 되기 전까지는 종북적이고 친북적인 대통령은 제발 더 이상 나오지 말아야 한다고 봅니다."

"보충 설명이 좀 필요할 것 같습니다."

"북한이 남한과 평화 공존하는 것이 아니고 적화 통일하겠다고 핵과 미사일과 독가스를 연구 개발하는데 밤낮 여념이 없다는 것을 잠시도 잊어서는 안 된다는 말입니다.

다시 말해서 주사파식 사회주의나 공산주의 또는 종북 이념을 은
근히 마음속에 품고 있어 표정이 음산하고 복잡다단한 느낌을 주는
사람은 대통령 감으로는 적합하지 않다는 말입니다."

"그거야 지극히 당연한 얘기가 아닙니까?"

"겉으로는 아무리 일자리를 챙기고 안보를 튼튼히 한다고 외쳐도
결정적인 순간이 닥쳐오면 북한의 의도대로 움직인다는 것을 국민들
은 잠시인들 잊지 말아야 할 것입니다."

"아예 툭 터놓고 실례를 들어서 말씀해 주시겠습니까?"

"그러죠. 우선 작고한 두 전임 대통령의 경우를 들 수 있습니다.
김대중 전 대통령은 15대 대선으로 집권한 지 2년 후 2000년 남북
정상회담이 시작도 되기 전에 북한이 준비 중인 핵 실험을 위한 축
의금이라도 내어주듯 외화 4억 5천만 달러를 현대 그룹을 경유하여
김정일에게 보내주었습니다.

그리고 6.15 남북 공동성명에서는 낮은 단계의 연방제 통일에 대
한 북측의 주장을 받아들였습니다만 우리 국민들 다수 여론의 반대
에 직면하여 실현되지 못하고 있습니다.

만약에 6.15 공동성명대로 실현되었다면 대한민국은 42년 전에 지
상에서 사라진 베트남공화국처럼 이미 세상에 존재하지 않는 나라가
되었을 것이 뻔합니다. 그런걸 생각하면 하늘이 도왔구나 하고 가슴
을 쓸어내리곤 합니다."

"그 다음의 경우도 말씀해 주셨으면 합니다."

"노무현 전대통령의 경우는 아예 처음부터 터놓고 노골적으로 북

한을 두둔해주면서 자신의 종북 경향을 공개적으로 털어놓았습니다. 그는 다음과 같이 늘 말했습니다.

'북한하고만 잘되면 다른 것은 다 깽판쳐도 좋다.

북한에는 아무리 퍼주어도 남는 장사다.

북한의 핵개발은 다 이유가 있는 것이므로 나는 북한의 대변인이 되어 외국 정상에게 때로는 한 시간 이상 변명을 해 준 일도 있다.

북방한계선은 북의 요구대로 들어 주어야 한다.'

아니나 다를까, 2007년 10월에는 10.4 남북 공동 성명에서 그는 실제로 인천 앞바다까지 연장된 북방한계선을 북한의 요구대로 다 들어주었습니다. 그렇게 되면 수도권 전체가 북한 함정의 직격포의 위협을 받지 않을 수 없게 되어 있었습니다.

바로 이러한 이유로 10.4 공동성명 역시 6.15 공동성명 때와 마찬가지로 다수 국민의 반대로 지금까지도 이행되지 않고 있습니다. 만약에 10.4 공동성명이 남북 간에 이행되었다면 대한민국은 그때 벌써 베트남공화국처럼 지도에서 사라져버렸을 것입니다.

이처럼 두 번이나 연속적으로 좌파 대통령을 겪은 후로 또 친북 대통령이 세 번째로 등장한다면 이번엔 핵과 미사일로 무장한 북한의 겁박(劫迫)으로 대한민국이 명맥이나마 이을 수 있을지 심히 걱정이 되지 않을 수 없습니다.

그런데 지금 유력한 대통령 후보이고 노무현 전 대통령의 비서실장을 지내면서 그 당시 대북 문제의 밑그림을 그렸을 문재인 전 대표는 아니나 다를까 자기가 대통령이 되면 제일 먼저 북한을 방문하고 개성공단과 금강산 관광을 재개하겠다고 당당하게 공언하고 있습니다.

　개성공단과 금강산 관광이 중단된 것은 이 두 사업에서 나온 북측 수익금이 고스란히 북한이 핵과 미사일 개발에 이용되고 있다는 국내외의 다수 여론 때문이었습니다.

　그런데도 불구하고 개성공단과 금강산관광을 재개하겠다는 것은 누가 들어도 대한민국의 이익을 무시하고 북한 편을 들어주는 이상야릇한 발언이 아닐 수 없습니다.

　이런 사람이 어떻게 국민의 생명과 재산을 지켜야 할 대한민국의 대통령이 될 수 있겠습니까?

　더구나 북한 당국이 남한의 공산화를 호시탐탐 노리고 핵과 미사일을 실전에 배치하고 있는 가운데 이러한 종북적인 대통령 지망생의 발언은 적전(敵前) 이적행위(利敵行爲)가 아닐 수 없습니다."

　"그런데도 불구하고 문재인 대통령 지망자의 인기는 계속 부동의 1위를 유지하고 있는데 그 이유가 어디에 있다고 보십니까?"

북편향 역사 교과서

"그것은 김대중 노무현 친북 정권 10년, 이명박 박근혜 정권 10년 총 20년 동안, 40대 이하의 젊은 유권자 층이 북한에 대하여 북 편향적인 검정 교과서로 교육을 잘못 받았기 때문입니다.

이 사실을 최근에 와서야 깨달은 박근혜 정부가 국정 교과서 개편을 서둘렀지만 최순실 국정 농단 사태로 침몰 위기에 처해 있습니다."

"교과서 문제가 그 정도로 심각합니까?"

"그럼요. 실례를 하나 들겠습니다. 새 국정 교과서를 시범적으로 사용할 연구학교가 경북 경산시 문명고등학교 겨우 한 곳만 선정되었습니다.

전국의 중고교가 5566곳이나 된다는 것을 감안하면 믿어지지 않는 숫자입니다. 야당, 좌파 교육감, 전교조, 민노총이 하나로 뭉친 거대한 북편향 조직과 개별 학교들이 맞선다는 것은 처음부터 되는 게임이 아니었습니다.

힘없는 개별 학교의 입장에서 연구학교가 될 것을 신청하면 촛불중앙회에 알려 학교를 못 살게 흔들겠다는 협박은 공포 그 자체가 아닐 수 없습니다.

거기에 최순실 사태의 와중에 좌파들이 새 국정 역사 교과서를

'최순실 교과서'니 '박근혜 교과서'니 하고 선동한 것이 학부모들에게 뜻밖에 먹혀 들어갔습니다.

문명고 김태동 교장은 "다들 국정 교과서가 잘못됐다고만 말하지 제대로 내용을 검토해 보지도 않았다"면서 "그렇다면 검정에서 문제가 되었던 부분을 국정은 어떻게 다루었는지 연구할 필요가 있다"고 말했습니다.

당초 경북 지역에서만 10여개 학교가 연구학교로 신청할 움직임이 있었지만 좌파 조직들의 겁박에 위협을 느끼고 포기했습니다. 좌파단체들은 문명고를 향해 "국정교과서는 불온서적"이라며 협박했다고 합니다. 그러나 김교장은 "그렇다고 해서 압력에 굴복하여 물러나지는 않겠다"고 말했습니다.

문명고는 지금까지 천재교육출판사에서 낸 검정 역사 교과서를 사용해 왔습니다. 이 책은 현대사 연표에서 대한민국에 대해서는 '1948년 8월 15일 정부수립'이라고 쓰고 북한에 대해서는 '조선민주주의인민공화국 수립'이라며 출범 의미를 부각시킨 대표적 좌편향 교과서입니다.

그런 교과서와 새 교과서를 비교해 보자는데도 문명고 일부 학생 학부모는 반발했다고 합니다. 교과서를 읽어보지도 않은 사람들이 좌파와 인터넷 선동만 따라가고 있습니다. 김교장처럼 소신과 용기를 가진 교육자가 수백, 수천명 나와야 역사 교육이 비로소 바로 설 수 있을 것입니다.

그러나 교과서가 어찌되었든 간에 60대 이상의 유권자들은 북한의

6.25 남침과 김신조 일당의 1968년 1.21 청와대 기습사건, 울진 삼척 공비 침투, 김현희의 대한항공 여객기 폭파, 판문점 도끼 만행 사건, 아웅산 테러, 천안함 폭침, 연평도 포격 등 각종 만행을 몸으로 경험한 기성층들이므로 40대 이하의 젊은 층에게 국운을 걸고 북한의 실상을 알려주어야 할 것입니다."

"너무 때가 늦어버린 것이 아닐까요?"

"그렇다고 속수무책으로 앉아 있을 수만은 없습니다. 나는 대한민국의 젊은 유권자들에게 꼭 알려주고 싶은 것이 있습니다. 가끔 텔레비전에 등장하는 두만강과 압록강 주변의 북한군 병사들을 유심히 관찰해 보기를 권합니다.

한국인 키보다 20cm 낮은 북한 젊은이

휴전선에서 근무하는 한국군 병사들의 평균 신장보다 북한군 병사들의 평균 키는 20cm 이상 낮아서 한국의 중학생 키보다 오히려 더 작아 보입니다. 이것은 무엇 때문이겠습니까?

북한 젊은이들은 성장기에 하도 많이 굶어서 키가 제대로 자리지 못했기 때문입니다. 그러나 판문점 근무자나 북한의 대표급 운동선수들은 같은 또래의 한국 젊은이와 비슷합니다.

대외 전시용으로 뽑혀 왔기 때문입니다. 한국의 좌파들은 대한민국을 적화 통일시켜 북한과 같은 가난한 나라로 만들고 싶은지 묻고 싶습니다."

"어찌되었든지 간에 지금의 인기도 조사 결과를 보면 중간에 돌발 변수가 발생하지 않는 이상 노무현 전 대통령의 아바타인 문재인 전 대표가 다음 대통령이 될 가능성이 농후한데 어떻게 생각하십니까?"

"역사에서 교훈을 얻지 못하는 나라는 존재할 가치가 없습니다. 김대중 노무현 전 대통령의 대북 정책에서 무엇이 잘못되었는지 그리고 반성할 점과 고쳐야 할 점은 무엇인지 지적해 내기는커녕 이들 두 대통령의 유업을 무조건 계승하겠다는 확신에 차 있는 문재인 전 대표를 국민이 기어코 대통령으로 원한다면 어떻게 하겠습니까?"

"그럼 김대중 노무현 두 전직 대통령이 하려다가 실패한 공산화 통일을 바라는지 국민투표를 통해서라도 결정해야 할 것입니다. 대한민국 국민들은 과연 누구나 다 조국의 공산화 통일을 바라는지 진지하게 자신들에게 물어보아야 할 것입니다.

유권자들은 노무현 전 대통령이 임기 말년에 대북 문제 외에는 잘나가던 한국 경제를 모든 사람들이 골고루 다 잘 사는 사회주의 경제로 개혁해야 한다면서 기업인과 부자들에게 갖가지 세금을 걷어들여 못 사는 사람들을 위한 취로 사업을 펼친 결과 어떤 결과를 가져왔는지 상기해야 할 것입니다.

그러한 사회주의 정책의 결과 국내의 경제 환경이 갑자기 악화되자, 우리 기업인들은 중국, 베트남, 인도, 미국 등지로 공장을 옮기는 바람에 동아시아의 네 마리 용들 즉 대만, 홍콩, 싱거폴, 한국 중에서 선두주자였던 한국은 경제 추진력을 잃고 금방 꼴찌로 뒤쳐지고 말았습니다.

그 결과 17대 대선에서 노무현 전대통령의 후계자로 출마한 정동영 후보는 이명박 후보에게 5백 3십만 표의 큰 차이로 참패했습니다.

그 때문에 노무현 전대통령은 스스로 폐족(廢族) 선언까지 하지 않았습니까? 이러한 노무현 대통령의 유업을 굳이 계승해서 뭘 어떻게 하겠다는 것인지 문재인 씨에게 묻고 싶습니다.

어디 그것뿐입니까? 그 노무현 전대통령은 뇌물 수수 혐의 (권양숙 100만 달러 [청와대에서 직접 받음], 노건호 500만 달러, 노정연 40만 달러)로 검찰이 구속 영장을 준비하자 재빨리 자살을 단행하고 말았습니다."

"그러나 과거의 역사로 보아 다행히도 북한과는 달리 대한민국이
지배하는 남한 땅에는 공산주의자와 사회주의자가 크게 득세하기 어
려운 고장인 것 같은 느낌이 듭니다."

"과연 그럴까요?"

"그렇고말고요. 1950년 6.25 벽두에 있었던 일입니다. 소련과 중공
을 등에 업은 김일성 군대의 기습 남침으로 대한민국은 그 존폐가
경각에 달했던 때였습니다.

그때 미국의 애치슨 방어 라인은 한국을 미국의 극동 방위선에서
제외했습니다. 그런데도 불구하고 미국은 신속하게 한국을 방위하기
로 결정하고 유엔 안전보장 이사회 상임위를 소집하고 한국을 지키
기로 만장일치로 결정했습니다.

그때 안전보장 이사회 상임 회원국인 소련 대표가 불참했기 때문
에 유엔군 파견이 극적으로 가결되었습니다. 그야말로 천우신조(天
佑神助)가 아닐 수 없습니다.

노무현 정부 때에는 조선 노동당 비밀 상무 위원인 송두율이라는
공산주의자가 한국 내의 그의 제자들을 가르치기 위해서 고향인 제
주도에 귀향 정착하려고 했습니다. 그는 공산주의자와 화해하려면
공산당원의 심정이 되어야 한다는 내재적 접근법이라는 괴이한 이론
을 발표한 사람입니다.

그의 고향은 제주도지만 젊을 때 한국을 떠나 독일에서 살면서 북
한에 20회 이상 내왕한 북한 노동당 비밀 상임위원입니다. 그러나

그의 고향 정착은 노무현 정부 실세들의 지속적인 압력에도 불구하고 국정원을 비롯한 관계 공무원들의 완강한 반대로 완전히 좌절되고 말았습니다.

물론 우리나라에는 사상의 자유가 있는 나라지만 67년 전인 1950년에 북한에 의한 남침 전쟁으로 3백만의 인명이 희생되었고 지금은 비록 휴전 중이긴 하지만 아직도 저들은 기회만 있으면 적화 통일 전쟁을 일으키려고 호시탐탐 노리고 있습니다.

남북이 만약 평화 공존을 하고 있다면 앞으로도 유럽이나 중남미 국가들에서처럼 김대중 노무현 같은 좌익 대통령이 당선되어 의회 정치를 통하여 얼마든지 공산주의 또는 사회주의 정책들을 펼 수 있습니다.

그러나 북한의 김정은이 대남 적화를 위해 핵과 미사일 개발에 필사적으로 매달려 있고 김씨 독재 공산 세습 왕조를 유지하기 위해서 4년 전인 2013년에는 친 고모부 장성택을 죽였습니다.

그것도 모자라 며칠 전인 2017년 2월 13일에는 자기의 이복 친형까지 유엔이 금하는 VX라는 독극물로 죽이는 마당에 김대중 노무현 같은 종북 일변도의 대통령이 또 다시 등장하는 것은 대한민국 국민들에게는 위험천만하기 짝이 없는 도박이 아닐 수 없습니다.

더욱 더 한심한 것은 북한은 42년 전인 1975년에 월맹이 미국과 담판했던 경우를 본 따, 핵과 미사일로 주한 미군을 위협하여 미군을 남한에서 철수시키고 대한민국을 적화 통일할 것을 노리고 있습니다.

이러한 위기 상황 속에서 진행될 대선에서 누가 보아도 북한 쪽에 지나치게 기울어진 후보자를 대한민국의 대통령으로 선출하는 것은 천부당 만부당한 일입니다.

대한민국의 대통령을 뽑으려면 대한민국을 위해서 일할 대통령을 뽑아야지 북한의 김씨 세습왕조를 위해서 일할 사람을 뽑는 정신 나간 대한민국의 유권자가 될 수는 없는 일입니다."

"그렇게 말하면 문재인 씨는 안보를 정치에 이용하는 종북몰이와 색깔론을 또 편다고 역습을 가할 텐데요."

"10.4 공동 성명으로 인천 앞바다까지 북한 해역으로 승인해줌으로써, 수도권을 사실상 북한에 넘겨준 우리측 협상 당사자의 한 사람이고 노무현 전 대통령 비서실장으로서 대북 협상에 참여한 문재인 씨가 안보와 종북몰이 색깔론을 들고 나온다면 누가 그의 말을 옳다고 하겠습니까?'

"그래도 자기는 1.4 후퇴 때 마지막 미군 선박으로 함흥에서 거제도로 피난 나와 남한에 정착한 탈북한 부모를 가진 해병 특전대 출신으로서 누구보다도 안보관이 투철하다고 강조할 것입니다."

"주사파 출신 정치인으로서의 그의 종북 행적이 역력한데 특전대 출신이라고 자랑해 보았자 먹혀들겠습니까? 특전대는 대한민국 젊은이라면 누구나 거쳐야 하는 군부대의 일종일 뿐입니다."

"모든 것을 감안하여 만약 양자택일을 해야 할 입장이라면 요즘 같은 좌파로서 문재인 씨를 역동적으로 뒤쫓고 있는 50대의 안희정 씨를 뽑는 것이 어떨까요? 그는 인상도 편안하고 지금껏 노골적으로 종북 성향을 보인 일은 아직 없는 거 같습니다."

"충분히 검토해 볼 만한 상황입니다. 나는 대한민국을 공산화 통일의 대상으로만 삼지 않고 북한 편이 아니라 대한민국을 위해 신명을 바칠 유능한 인재임이 틀림없다면 누가 대통령이 되어도 상관하지 않겠습니다."

"그런데 문재인 씨는 일국의 대통령이 되기에는 아무리 생각해도 너무나 경박하다는 생각을 지울 수가 없습니다. 아무리 인기도 조사에서 부동의 1위를 달리고 있다고 해도 조금도 겸손할 줄 모르고 벌써부터 대통령이 다 된 것처럼 행동하는 것이 눈에 거슬립니다.

도대체 일국의 대통령다운 신중하고 듬직한 구석이 도무지 보이지 않습니다. 예비 조사에 응한 유권자들은 그렇게도 사람 보는 안목이 없는지 한심할 지경입니다."

아내가 싸움을 걸어 올 때

2017년 2월 18일 토요일

7명이 좌선을 하고 있는데 부산에서 올라 온 직장에 나가는 40대 초반의 고동건이라는 남자 수행자가 입을 열었다.

"선생님, 질문을 하나 드려도 괜찮겠습니까?"

"그럼요. 말씀하세요."

"여러 도반들이 열심히 수련 중인데 이런 질문을 드리게 되어 죄송합니다."

"괜찮습니다. 무슨 일인지는 모르겠지만 오래간 만에 먼 데서 그 일 때문에 일부러 나를 찾은 것 같은데 기탄없이 말씀해보세요."

"마누라 하고의 문제인데 하도 심각해서 결혼생활이 깨질 것 같아서 마지막으로 선생님의 충고라도 한 마디 들어 보고 나서 다음 일을 결정하려고 합니다."

"서론은 그것으로 충분하니 어서 본론으로 들어가세요. 핵심이 무엇입니까?"

"집 사람이 사소한 일로 항상 시비를 걸어옵니다."

"결혼한 지는 얼마나 되었습니까?"

"올해로 꼭 10년째 되었습니다."

"아이는 몇이나 됩니까?"

"아홉 살 된 아들하고 일곱 살 된 딸이 있습니다."

"부인은 직장에 나갑니까?"

"맞벌이 부붑니다."

"그래요? 그럼 부인이 비록 사소한 일로 싸움을 걸어온다든지 남편인 고동건 씨를 구박을 한다고 해도 처음부터 일절 대꾸를 하지 않으면 됩니다."

"시비거리도 안 되는 것을 가지고 바락바락 따지고 드는데도 어떻게 못들은 척하기만 할 수 있겠습니까?"

"그래서 지금까지 마주 화를 냈습니까?"

"그럴 수밖에 더 있겠습니까? 저도 자존심이라는 것이 있는 데 말입니다."

"그럼 고동건 씨가 언제나 불리합니다. 말싸움에서는 먼저 화내는 쪽이 지게 되어 있으니까요."

"그럼 제가 처음부터 아무 대꾸도 하지 말았어야 합니까?"

"물론입니다."

"결국 의도적으로 저의 부화를 돋구어도 대꾸를 일체 안하고 침묵만 지켜야 합니까?"

"그럼요. 손바닥도 마주쳐야 소리가 납니다. 부부싸움도 한쪽이 상대를 해 주지 않으면 싱거워져서 싸움이 되지 않습니다. 결혼생활을 10년 동안이나 했으면 그만한 지혜도 생길 때가 되었을 텐데요.

게다가 부인은 직장에 나가면서도 비록 남의 도움을 받는다고 해도 두 아이를 키우는 어려운 부담을 안고 있으니 평소에 스트레스가 많이 쌓였을 것입니다.

고동건 씨는 평소에 주방일과 자녀 양육 면에서 부인을 적극 도와 주는 편입니까?"

"그 방면에서는 남들이 하는 것만큼은 저도 힘자라는 대로 돕고 있다고 자부할 수 있습니다."

"스스로 잘 생각해 봐서 부족한 점이 있다면 반성해야 할 것입니다. 혹시 과음을 한다든가 직장 여직원과 데이트 하는 일은 없습니까?"

"언감생심 그런 일은 전연 꿈도 못 꿉니다."

"그렇다면 내가 말한 대로 부인이 먼저 싸움을 걸어올 때 침묵으로 일관하는 작전부터 실천해 보세요. 오늘부터 당장 그렇게 하세요. 그 결과를 가지고 다음에 토론을 해 보도록 합시다.

그건 그렇고 본질적인 문제가 남았습니다. 아까 첫머리에 결혼 생활이 파국에 들어간 것 같은 말을 한 것 같은데 사실입니까?"

"그 말은 맞습니다. 선생님의 충고 듣고 나서 이혼 문제를 여쭈어 보려고 했던 것도 사실입니다."

"만약에 그렇다면 그 문제부터 마무리가 되어야 하겠구만."

"맞습니다."

"그럼 이혼을 생각해야 할 정도입니까?"

"그런데 오늘 선생님과 대화를 나누는 동안 그 문제는 다음으로 유보하기로 마음을 정했습니다. 그 대신에 부부싸움 문제를 먼저 해결하는 방향으로 나갈까 합니다."

"그럼 부부싸움 해결에 집중하세요."

"그렇게 하겠습니다. 부부싸움에 집중할 생각을 하니 마치 단거리 선수가 출발선에 들어가는 느낌입니다."

"부인이 말싸움을 걸어올 때 무슨 일이 있어도 입만 꾹 다물고 있으면 됩니다. 수련에 임하듯 용맹 정진하듯 해 보세요."

그로부터 일주일 후에 고동건 씨가 다시 찾아왔다.

"어떻게 되었습니까?"

"그동안 아내는 세 번이나 싸움을 걸어왔지만 저는 세 번 다 무조건 침묵으로 일관했습니다. 집 사람은 아무리 생각해 보아도 지난 토요일에 서울 올라가 누구의 코치를 받은 것 같다면서 그분이 누구냐고 다그쳤습니다. 그 물음에도 저는 침묵으로 일관했습니다."

"그래서 어떻게 됐습니까?"

"선생님은 시종일관 침묵을 지켜야 한다고 하시기에 아무 대답도 안 했습니다. 그랬더니 그 코치하신 분 이름만 말하라고 하도 성화를 하는 바람에 그것까지도 무시할 수는 없어서 선생님 존함만 알려 주었습니다."

"침묵을 지키라고 했지 코치하는 사람 이름 대라고 했습니까? 하지 말았어야 할 말을 했군요. 그랬더니 뭐라고 했습니까?"

"충실한 제자 한 사람 얻었다고 말했습니다."

"그러곤 아무 말도 없었습니까?"

"아뇨. 다음에 서울 갈 때 같이 가서 선생님한테 인사 좀 시켜 달라고 했습니다."

"그래 뭐라고 말했습니까?"

"선생님께 여쭤보고 동의를 얻어야 한다고 말했습니다. 선생님 의 향은 어떻습니까?"

"나는 반댑니다."

"아니 왜 그러십니까?"

"내 입장이 되어 생각해 보면 해답이 나올 것입니다. 잘 생각해 보세요. 일이 복잡해지게 됐습니다."

고동건 씨가 먼저 자리를 뜨자 옆에 있던 수련생이 물었다.

"아까 선생님께서는 왜 인사시켜 달라는 고동건 씨 부인의 청을 거절하셨습니까?"

"사람이란 이런 경우 자기가 낄 자리와 끼지 않을 자리를 잘 구분 해야 한다고 봅니다.

고동건 씨는 나와는 저자와 독자 사이니까 그런 상의를 할 수 있 다 쳐도 일면식도 없는 그의 부인의 면담 요청까지 넙죽 받아들이는 것은 그가 할 일이 아니죠. 고동건 씨가 나를 개입시키지 말고 내 충고대로 부부싸움 문제를 잘 해결하면 그것으로 일단 끝낼 문제입 니다. 그 이상 제3자가 관여할 일이 아니라고 봅니다."

배사율(背師律) 범하는 중국

2017년 3월 4일 토요일

우창석 씨가 말했다.

"사드 한국 배치에 반대하는 중국이 베이징의 롯데 전시장을 폐쇄하고, 한국행 중국인 관광객 송출을 중단시키는 등 행패를 부리면서도 정작 사드의 장본인 미국엔 끽소리 한마디 못 하고 있습니다. 중국은 만만한 이웃인 한국만 들볶는 거 아닙니까?"

"대국답지 못한 옹졸한 짓입니다. 덩샤오핑 주석은 1975년 개혁 개방을 시작하기 전에 경제 개발에 성공한 박정희 정부의 경제개발 시책은 물론이고 새마을운동 자료까지 빠짐없이 철저히 연구하라고 부하들에게 독려했습니다. 그때 한국은 중국의 자료 요청에 기꺼이 응해주었고 많은 협조를 아끼지 않았습니다.

만약에 한국을 벤치마킹하고 박정희 정부의 성실한 협조가 없었더라면 중국은 그렇게 단시일 안에 개혁 개방성과를 올릴 수 없었을 것입니다. 덩샤오핑이 지금도 주석 자리에 있었다면 지금과 같은 한국에 대한 시진핑의 행패는 상상도 할 수 없는 일이었을 것입니다.

양심적인 공정한 눈으로 보면 중국이야말로 한국에 대하여 배사율(背師律)을 범했습니다. 그러기 전에 중국은 사드가 왜 한국에 들어오게 되었는지 심사숙고해 보았어야 했습니다.

그동안 북한의 핵과 미사일 실험이 있을 때마다 유엔 안보리는 북한에 여러 차례 제재를 가했건만 중국은 안보리 상임이사국이면서도 겉으로만 제재를 가하는 척했을 뿐 뒤로는 은근히 북한을 도와왔습니다. 이것을 볼 때 사드를 불러들인 쪽은 북한과 함께 중국 자신임에 틀림없습니다.

중국만 안보리 결의대로 북한 제재에 가담했더라도 북한 핵 미사일 문제는 벌써 해결되고도 남았을 것입니다. 중국은 초강대국 미국과 함께 지구촌을 관리하는 G2 국가로서 북한 핵과 미사일 문제에 책임을 져야 합니다.

여기서 또 하나 문제가 되는 것은 안보 문제에 관한 한 어느 나라를 막론하고 여야가 한 목소리를 내야 하건만 우리나라 야당은 사드 문제에 관해서는 연초부터 초선 국회의원 6명을 중국에 파견함으로써 중국 편을 드는 것 같은 이상야릇한 작태를 보여주고 있습니다. 바로 이 때문에 중국은 마음 놓고 한국을 괴롭히고 있는 것 같은 인상을 줍니다."

"한국의 야당들이 사드 문제에 관한 한 중국 편을 드는 것 같은 태도는 어떻게 해석해야 합니까?"

"노무현 전 대통령이 집권 시에 한때 한국은 동북아의 두 강대국 미국과 중국 사이에서 조정추(調整錘) 역할을 해야 한다고 하다가 어느 쪽의 호응도 못 얻고 실패한 일이 있습니다.

한국의 야당의원들 중에는 아직도 그때의 미련을 못 버리고 사드 문제를 해결하려면 미국에만 의존할 것이 아니라 중국의 협조도 받아야 한다는 생각을 가지고 있는 사람들이 있다고 합니다."

"그럼 노무현 전 대통령은 조정추 역할을 하려다가 왜 실패했습니까?"

"미국과 중국 사이에서 조정추 역할을 하려면 우리의 국력이 적어도 미국이나 중국 러시아 정도는 되어야 하는데 그렇기는커녕 아직도 분단국을 면하지 못했고 이웃 강대국들에 훈수를 둘 정도가 되려면 아직 멀었다는 것입니다."

"그럼 사드 문제를 중간에 놓고 현재의 국력으로 우리는 어떤 태도를 취하는 것이 현명하다고 할 수 있을까요?"

"미국과 중국 두 나라 중에서 양자택일을 해야 합니다."

"그럼 미국과 중국 두 나라 중에서 어느 쪽을 택해야 할까요?"

"원교근공(遠交近攻)책에 따라 군사력이 아직은 막강하고 먼 곳에 떨어져 있는 미국과의 동맹 관계를 강화하는 것이 정답입니다.

바로 이러한 이점 때문에 일본은 청국 및 러시아와의 전쟁을 앞둔 1894년에도 미국을 동맹국으로 택했습니다. 그리고 42년 전 중국의 도움으로 월남공화국을 적화 통일하는 데 성공한 월맹 역시 중국에 불만을 느끼자 원교근공책에 따라 미국을 동맹국으로 택한 것입니다."

"중국의 후원으로 월남공화국을 적화 통일하고도 지금 와서 중국을 배신하고 과거의 적국인 미국과 손을 잡을 수 있습니까? 그건 좀 너무한 것 아닙니까?"

"국제관계에는 영원한 적도 우군도 없고 있는 것이란 오로지 국익

밖에 없다는 말 못 들었습니까? 월맹은 과거 중국이 자국을 도와 적화 통일을 후원했지만 지금 남중국해의 영유권 다툼에서 중국에게 힘으로 밀리는 판입니다.

앞으로 국제관계의 변화에 따라 북한도 지금은 비록 중국의 울타리로 있지만 언제 중국을 배신할지 모릅니다. 이러한 맥락에서 과거의 일본과 지금의 월맹의 실례를 들 것도 없이 우리는 사드 문제에 관한 한 국익을 위해서 당연이 미국과의 기존 동맹 관계를 강화해나가야 합니다."

"그건 그렇고 지금은 한국과 중국 사이가 사드 문제로 계속 악화 일로에 있습니다. 6년 전에 일본이 센카쿠 열도를 국유화하자 중국은 일본 상품 불매 운동을 1년 동안이나 끈 일이 있었는데 우리는 이번 사태에 어떻게 대처해나가야 할까요?"

"지금부터라도 북한이 핵과 미사일을 국산화했듯이 좀 뒤늦기는 하지만 우리는 사드를 국산화해야 합니다. 핵과 미사일은 유엔과 국제 사회의 제재를 받고 있지만 아직 사드만은 그런 제재와는 상관이 없습니다. 사드는 어디까지나 방어용 방패이지 공격용 무기가 아니기 때문입니다."

'별들의 전쟁' 후속편 벌어질까?

2017년 3월 8일 수요일

우창석 씨가 말했다.

"지난 6일 북한이 탄도 미사일 4발을 발사한 바로 그날 밤 사드 발사대 2기가 오산 기지에 반입되어 이르면 4월부터 실전 운용되면 조기 대선이 실시되더라도 되돌리기는 사실상 불가능할 것으로 보입니다.

중국은 이로 인한 모든 뒷감당은 미국과 한국이 책임져야 한다고 말했습니다. 더구나 한미 연례 군사훈련이 전개되는 가운데 한반도에서는 이 모든 일들이 전광석화와 같이 벌어지고 있습니다. 트럼프 대통령은 '북이 계속 도발할 때에는 끔찍한 결과를 각오해야 할 것'이라고 말했습니다.

이쯤 되면 한반도를 둘러싸고 미국과 한국 그리고 북한과 중국 사이에 되돌이킬 수 없는 한판 싸움이 벌어지는 것이 아닌가 하는 느낌이 듭니다. 제가 보기에는 한국 미국 그리고 북한 중국을 둘러싸고 벌어지는 이 한판의 집단 패싸움에서 사실상의 두 주역은 북한과 미국입니다.

아무리 생각해 보아도 이번 일이 용두사미(龍頭蛇尾)로 흐지부지 끝날 것 같지는 않습니다. 그 추이가 어떻게 될 것 같습니까?"

"아무래도 1990년 전후에 미국과 소련 사이에 벌어졌던 이른바 '별들의 전쟁' 비슷한 결과가 나오지 않을까 하는 느낌이 듭니다."

"그때 미국과 소련 사이에는 어떤 일이 벌어졌었죠?"

"일종의 군비 경쟁으로서 별들의 전쟁이라고 하지만 사실은 미국과 소련 사이의 미사일 방위망 구축 경쟁이었습니다. 이 군비 경쟁의 주도자는 미국의 레이건 대통령과 소련의 고르바초프 서기장이었습니다.

이 군비 경쟁은 돈이 무지하게 많이 드는 군비 경쟁으로서 두 정상의 두뇌 싸움이요 돈과 자존심 싸움이기도 했습니다. 그러나 사실상 이 싸움을 창안한 사람은 레이건이었습니다. 그는 이 싸움을 주도하기 전에 소련의 경제 현황을 샅샅이 꿰고 있었고 그 결과를 뻔히 내다보고 있었습니다.

막상 군비 경쟁이 시작되고 보니 소련의 식량 사정은 예상을 넘어 더 이상 버티기 어려울 정도로 취약하다는 것이 백일하에 드러났습니다. 결과적으로 소련은 당장 식량난으로 나라 살림을 더 이상 버티기 어렵게 되자 스스로 백기를 들었고 소비에트 사회주의 연방 공화국은 소리 없이 해체되어 스스로 폭삭 망해버리고 말았습니다.

그와 마찬가지로 북한은 지난 6일에 고각 탄도 미사일 4발을 발사함으로써 일본의 미군 기지를 강타할 수 있게 되었다고 기염을 토하고 의기양양했지만 바로 그날 밤에 2기의 사드 발사대가 오산 미군 기지에 반입되는 신속성을 미국은 과시했습니다.

북한은 6.25 때 유엔군의 인천상륙작전으로 정신 차릴 사이도 없이 남한 점령지에서 꽁지가 빠지게 패퇴하게 된 원인이 일본의 미군 기지들에서 공수되는 병력과 군수품 때문이라는 것을 알고 지금과 같은 미사일을 만들려고 67년 동안 와신상담 공을 들여왔습니다.

그러나 미국은 북한의 이러한 과정을 손금처럼 지켜보고 있다가 바로 6일 밤에 기다렸다는 듯이 그 미사일을 잡을 사드를 오산 기지에 반입한 것입니다. 뒤이어 트럼프 대통령은 '북이 계속 도발할 때에는 끔찍한 결과를 각오해야 할 것'이라고 말했습니다."

"그래도 북한이 계속 도발할 수 있을까요?"

"그건 무모한 김정은이 버티고 있는 한 아무도 예단할 수 없는 일입니다. 그러나 사태가 이 이상 악화되는 것을 계속 지켜보기만 할 것이 아니라 최대의 분쟁 피해국인 한국이 나서야 할 때가 바로 지금이 아닌가 생각됩니다.

그리고 미국이 분단 당사국이긴 하지만 이 정도에서 일단 사태파악을 다시 해야 할 때라고 봅니다. 그리고 김정은이 아무리 미워도 북한에 끔찍한 일이 벌어진 뒤에야 통일이 된다 한들 무슨 시원한 일을 기대할 수 있겠습니까?"

"그럼 어떻게 하죠?"

"김정은이 소련처럼 백기를 들고 스스로 망해버릴 때까지 트럼프도 레이건이 했던 것처럼 고삐를 더욱 바싹 죄어야 할 것입니다. 그리하여 자업자득(自業自得) 사필귀정(事必歸正)의 이치가 맞아떨어지는 일이 있음을 생생하게 보여주어야 할 것입니다."

대선주자의 매국적 발언

2017년 3월 10일 금요일

우창석 씨가 말했다.

"눈길을 끄는 대선주자들 중의 한 사람인 이재명 성남시장의 안보관이 도를 넘어 이상야릇하게 빗나가고 있습니다. 그대로 놔두면 아무래도 제2의 이완용 소리를 듣게 될 것 같습니다."

"그 사람이 일전에는 자기가 대통령이 되면 삼성 재벌의 재산을 몰수하여 빈곤층에게 무상으로 골고루 나누어 주겠다는 둥 좀 괴상하고도 답답한 소리를 잘 한다는 얘기를 들어본 일은 있는데 또 무슨 엉뚱한 망발을 했습니까?"

"지난 7일 중국 최대의 방송사인 CCTV에 나와서 말하기를 '사드 배치는 대한민국 국익에 도움이 되지 않기 때문에 원점에서 재검토해 철회해야 한다는 의견이 분분하다'고 말하고 나자 기자가 '그럼 대통령이 되면 사드 배치를 철회할 것이냐' 하고 묻자 '네 그렇습니다'라고 대답했습니다.

그의 이 같은 약속이 중국 정부와 국민에게 얼마나 신나고 고무적인 발언이었는지 CCTV는 이날 하루 동안 네 차례나 같은 장면을 방영했다고 합니다."

"원래 사드는 1953년의 한미 상호방위조약과 1966년의 SOFA 행정

협정에 따라 양국 정부가 합의했고 이미 장비의 일부가 오산 미군 기지에 도착해 규정된 절차에 따라 설치 작업이 진행되고 있습니다.

사드는 북한의 핵미사일 공격 위협에 주한 미군이 자기들의 생존을 위해 필요하다고 인정한 방어용 무기입니다. 만약 한국이 이를 거부하면 6.25이래 60여 년간 안보와 번영의 기반이었던 한미 동맹 체제가 깨어질 우려가 있습니다.

무엇보다도 자국의 이익을 위해서이기도 하고 우리의 안보를 돕기 위해서도 이 땅에 와 있는 주한 미군이 자기 자신의 방어를 위한 무기조차 한국인의 반대로 들여놓지 못한다면 그들이 이에 불만을 품고 한국을 떠난다고 해도 붙잡을 명분이 없습니다.

설령 그가 현직 대통령직에 있다고 해도 역사적 문화적 지정학적 뿌리가 깊은 64년 역사를 가진 한미 동맹을 그렇게 제멋대로 흔들어서는 안 됩니다.

이처럼 상황이 뻔히 내다보이는데도 이재명 시장은 중국 방송에 나가 사드 철회를 약속한 것은 어이가 없다 못해 그가 한국인인지 중국인인지 분간이 가지 않을 정도입니다."

"이재명 사장의 발언은 한국인의 입장이 아니라 중국인의 입장에서 사드 문제를 본 것이 분명합니다.

그는 사드 문제를 북핵 미사일 위협에 대한 한미의 자위적 수단으로 보는 것이 아니라 미국의 대륙 봉쇄 전략에 한국이 첨병으로 동원되었다는 친중 반미적 안보관의 소유자이기 때문에 그런 발언이 나온 것이라고밖에 볼 수 없습니다.

이 같은 중국적 안보관은 야당에 널리 퍼져 있는데 이러한 반한국적이고 친중국적인 안보관을 깨끗이 청산하지 않는 한 차기 대선에서 유권자의 지지를 얻는 데 반드시 실패할 것이고 제2의 이완용 소리를 듣는 것이 고작일 것입니다.

그뿐 아니라 대한민국의 대통령이 되겠다는 사람으로서 이재명 시장은 당연이 알아야 할 역사와 외교의 기본에 대하여 너무나 모르고 있습니다.

한국처럼 강대국의 한 귀퉁이에 자리잡고 있는 나라는 생존을 위해서라도 원교근공책(遠交近攻策)이 기본입니다. 그래서 대한민국은 6.25 이래 이것을 외교의 기본으로 삼아왔습니다. 그것이 바로 한미동맹입니다.

이 방법이 아니었으면 우리나라는 6.25 때 벌써 중국에 병합되거나 속국 신세가 되었을 것입니다. 한국뿐만 아니라 일본도 미일 동맹을 고수하고 있는 것이 이 때문입니다.

일본뿐만 아니라 42년 전에 중국의 도움으로 남북 베트남의 공산통일을 완수한 월맹 역시 중국과의 영유권 분쟁의 우여곡절 끝에 지금은 미국과의 공수동맹을 원하고 있습니다.

그리고 유럽의 강대국들에 포위되어 있는 폴란드가 이러한 생존방법을 몰랐기 때문에 얼마나 참기 힘든 끔찍한 고난을 겪어왔는지 이재명 시장은 모르고 있습니다.

원교근공은 우리와 비슷한 입지 조건을 가진 약소국들에게는 필수불가결한 생존방식이라는 것을 알아야 합니다.

이재명 성남시장은 대선주자가 되어서도 이러한 외교의 기본도 모르고 있는 것이 분명합니다. 그렇지 않으면 대통령이 되기도 전에 이처럼 중국의 속국이 되기를 자청하는 우매한 짓을 할 리가 없습니다.

만약에 원교근공을 알고도 그런 말을 했다면 이완용이 일본에게 조국을 팔아먹었듯이 이번에는 이재명이 중국에 모국을 팔아먹자는 것밖에 안 됩니다.

그렇지 않고 그가 대한민국을 사랑하는 진정한 애국자라면 대통령이 되기 전에 대통령학(大統領學) 기본부터 먼저 공부했어야 할 것입니다.

안보관 없는 대선주자

이재명 대선주자의 이 같은 매국적 발언 못지 않게 국민의 관심을 끄는 사안은 지난 6일의 북한 미사일 4발이 발사된 지 3시간 뒤에 열린 야당의 19대 대선 예비후보들의 토론회였습니다.

그러나 유감스럽게도 이 문제의 심각성을 제대로 알고 토론에 참여한 후보는 단 한 사람도 없었습니다. 그 대신 엉뚱하게도 북한의 핵 미사일 공격을 막기 위한 사드 체계에 대한 이견만 노출하고 말았습니다.

유난히 눈에 띄는 것은 문재인 후보가 '사드 배치 권한은 차기 정부가 가져야 하며, 국회 비준 및 미중과의 협의를 거쳐 결정할 사안'이란 기존 주장을 되풀이 했을 뿐입니다.

안희정 충남지사 등 다른 주자들이 '애매한 얘기'라면서 분명한 입장을 밝히라고 요구했지만 '전략적 모호성을 유지할 필요가 있다'면서 명확한 답변을 회피했습니다.

도대체 대선주자답지 못하게 답답하기만 할 뿐입니다. 북한 미사일의 핵심 목표는 두말 할 것도 없이 대한민국이라는 것은 이제 삼척동자도 다 아는 일입니다. 노동, 스커드, 무수단 등 핵탄두를 장착할 수 있는 300~3500km급 미사일들이 우리 영토 전역을 사정권에 두고 있습니다.

특히 북한은 이번에 1000km급 미사일 네 발을 동시에 발사하여 우리 군의 미사일 방어망에 얼마든지 구멍을 낼 수 있다는 메시지를 보냈습니다. 대한민국에는 사드 아니라 이보다 더한 방어 무기를 들여와도 안보를 보장할 수 없는 위기에 처해 있다는 것이 확인되었습니다.

여론조사 지지율 1위로 차기 대권 장악에 가장 가까이 다가간 문재인 전대표 쯤 되는 사람이라면 도대체 사드 배치를 하자는 것인지 말자는 것인지 확실히 자기 입장을 밝히고 사드 배치를 반대한다면 북의 핵미사일을 막아낼 무슨 대안이 있는지 국민들에게 명확하게 설명할 의무가 있습니다.

문재인 전 대표는 북한이 김정남을 암살한 직후 '우리 쌀과 북한의 광물을 교환하자'고 말했습니다. 이 말이 유엔의 대북재제를 무시했다는 논란이 일자 즉각 '종북몰이'라고 일축했습니다. 이제 '종북몰이'와 '색깔론'은 그에겐 없어서는 안 될 궁할 때 필요한 편리하기 짝이 없는 긴급 피난처가 되어버렸습니다.

거기다 한술 더 떠서 사드에 대해서는 외교 문제임을 핑계로 모호한 태도로 일관하니 많은 국민들이 문재인 전 대표에게 불안감을 느끼는 것도 당연한 일입니다.

5천만 국민이 북한의 핵을 머리에 이고 산다고 해도 과언이 아닌 대한민국의 지도자라면 안보관만큼은 확고해야 한다는 것은 지극히 당연한 일입니다. 표를 잃을까 겁이 나서 어정쩡한 말로 속마음을 감추는 사람에게 과연 대통령 자격이 있다고 말할 수 있을지 의심이

가지 않을 수 없습니다.

그는 천안함 사건이 터졌을 때도 국내외의 전문가들이 모여 그것이 북한의 소행이라는 것이 명백히 드러났는데도 무려 5년 동안이나 침묵을 지킨 전력이 있습니다.

이처럼 안보관이 흐리멍덩한 사람에게 과연 유권자들이 표를 줄지도 의문이려니와 요행 대통령에 당선되었다고 해도 그 직을 제대로 수행할 수 있을지 의문이 아닐 수 없습니다. 아니면 직무 수행 중 무능한 대통령임이 드러나 도중하차나 하게 되지 않을지 국민들은 노심초사하지 않을 수 없다는 것을 당사자는 똑바로 알아야 할 것입니다.

왜 이런 일이 벌어졌을까요? 혹시 안보관을 잘못 말하여 표를 잃을까 겁이 나서일까요? 그래서 무슨 수를 쓰던지 당선부터 해놓고 보자는 속셈 때문이 아닐까요?

그렇다면 그렇게 결단력 없는 무능한 사람을 국민들은 대통령으로 맞아들이려 할까를 다시 한번 심사숙고 해 보고 그래도 자신이 서지 않으면 아예 대선 출마를 포기하는 것이 대통령직 수행 중에 헌재에 의해 파면되는 것보다 낫지 않을까 하는 생각이 듭니다. 이제 그 지겨운 전략적 모호성에도 진저리가나서 하는 말입니다."

【이메일 문답】

졸음 운전 원인

스승님의 메일을 받고 곰곰이 생각해 보니 제가 너무 수련에 욕심을 낸 나머지 수면시간을 급작스럽게 줄인 건 아닌지 모르겠습니다.

저는 본격적으로 수련하기 전에는 7~8시간 정도 잠을 잤는데 최근 1달여 기간 동안에는 수련에 욕심을 내어 수면시간을 6시간으로 줄였었거든요. 밤 11시경에 잠이 들어 5시 정도에 알람을 설정해 놓고 일어나는데 몸이 그리 개운한 상태는 아닌 것으로 보아 수면시간이 충분한 것 같지는 않습니다. 퇴근하고 운전시 졸음운전을 하게 된 것도 최근의 일로서 수면시간을 6시간으로 줄인 후부터 이러한 현상이 일어났다는 것을 깨달았습니다.

그래서 수면시간을 다시 7시간으로 늘리는 한편 운전시 졸릴 때마다 스승님 말씀대로 태을주를 큰 소리로 외우고 있습니다. 천부경을 외울 때와 같이 기운이 들어옵니다. 기운의 강도나 느낌은 조금 다르긴 하지만요. 태을주는 제가 대순진리회에 잠깐 다닐 때 천지기운을 단전에 모아준다고 하여 배운 기억이 납니다. '훔'을 발음할 때마다 단전에 힘이 들어가는 것 같기도 하구요. 아래는 일기체 형식으로 쓴 글인데 붙여서 보내 드립니다.

목요일 오후에 사무실에 앉아 있는데 눈이 충혈되고 시큰거린다. 목과 어깨가 뻐근하다. 머리가 무겁고 현기증이 난다. 재채기가 나오고 콧물이 나오며 코 옆에 뾰드라지가 생겼다. 그래도 단전에 집중하면 단전이 따뜻해지는 느낌이 있는 것으로 보아 빙의 현상으로 단정하기도 어렵고 약한 기몸살에 가까운 것 같다. 지난주 등산을 안 해서 그 영향이 있는 것일까? 회사에 하루 연가를 내고 도봉산을 찾았다.

근 100년만에 무더위라고 했던가. 오전 8시경 포대능선에 새로 만들어진 나무계단 앞에서 뜨거운 물에 데쳐놓은 시금치처럼 쪼그려 앉아 고개를 떨구고 있는데 165cm 정도의 키에 55kg 정도 아담한 몸집의 할아버지가 슬리퍼를 신고 지나가며 '나도 이렇게 팔팔한데 젊은 사람이 이렇게 힘을 못 써서야…. 원.' 하며 혀를 찬다. 반박할 힘도 없어 '아~네.' 하고 물끄러미 쳐다보았더니 그 할아버지는 가던 길을 되돌아오더니 '젊은이! 돈 욕심은 조금만 내고 건강을 챙겨야 해! 돈은 먹고 살 정도만 있으면 되지만 건강을 잃으면 다 소용없어' 라고 한다.

할아버지는 현재 나이 74세인데 20년 전에 상처하고 우울증에 걸릴 뻔했는데 도봉산을 다니면서 다시 활력을 찾았단다. 배우자랑 맞벌이하며 악착같이 돈을 벌어 자녀 결혼시켜 분가시키고 집도 한 채 장만해서 이제 겨우 살 만하니 아내 나이 52세에 간암으로 저 세상으로 갔단다. 아등바등 맞벌이하랴 아이들 키우느라 쌓인 스트레스가 원인이란다. 아내가 세상을 달리했을 땐 눈에서 눈물이 자신도 모르게 하염없이 뚝뚝 떨어지더란다. 할아버지는 고개를 들어 하얀 구름이 군데군데 떠있는 하늘을 올려다본다. 할머니를 생각하는 애틋한 마음이 표정에서 묻어난다.

아직도 할아버지는 집에 혼자 남아 있으면 우울해져 일부러 밖으로 나와 항상 하던 습관대로 이렇게 35도가 넘는 더운 날씨에도 도봉산 포대능선에 올라 우연히 마주치는 사람과 이런저런 이야기도 나누고 계곡물에 발 담그고 시간을 보낸 다음에야 오후 5시 정도에 산에서 내려간다고 한다. 주위 사람들은 할아버지를 '또라이'라고 부른단다. 연유를 물었더니 '바보'라는 뜻이라고 한다. 남들이 뭐라고 하든 개의치 않고 허허 웃어 넘기고 심각하게 생각하지 않으니 상대방 입장에서는 바보로 보일 수밖에 없다는 것이다.

하지만 할아버지 본인은 매사 대인관계에서 마음을 비우며 생활하니 스트레스를 받을 일이 없어 좋다고 한다. 바위산에 오르면서 슬리퍼를 신고 다니는 것에 대해 다른 사람이 흉을 봐도 신경을 쓰지 않는다고 한다. 슬리퍼의 밑창 고무가 부드러워 여간해선 바위에서도 밀리지 않아 릿지화 못지않다고 자랑한다. 딱 하나 단점이 있는데 발가락을 보호해 주지 않아 발가락이 바위에 부딪혀 발톱이 몇 번 빠지고 새로 났다고 한다. 슬리퍼를 신고도 신발이 발에 붙어 있는 것처럼 민첩하게 바위를 탄다.

그 할아버지를 만난 지 며칠이 지났건만 입담 좋고 사람 좋아 보이던 모습이 눈에 선하다. 나는 누군가가 나에게 '또라이'라고 한다면 과연 부드럽게 받아넘길 수 있을까 의아스럽다. 화가 나는 것을 억지로 참을 순 있겠지만 내 마음이 편치는 않을 것 같다. 또라이처럼 또 바보처럼 수련에 매진할 수 있다면? 한 소식 하는 것은 따 놓은 당상 아닐까 생각한다.

주말에 집에 있으면 생식하기가 사무실에 나가는 평일보다 더 힘든 것 같다. 아내는 내가 생식을 하고 있는 것을 알고 있으면서도 내가 좋아하는 오징어김치국, 김치전, 버섯굴죽 등을 만들어서 혹은 사와서 먹어보라고 하는데 난 번번이 유혹에 지고 만다.

와이프는 이런 남편의 행동을 은근히 즐기는 것 같다. 아침에는 운동하고 와서 아내와 아이들이 자고 있을 때 혼자 아침식사를 하기 때문에 생식을 먹으면 되는데 점심과 저녁은 난감할 때가 많다. 김치국에 오징어를 넣고 파, 무 등을 넣어 끓인 오징어김치국은 하얀 쌀밥을 말아 먹어야 제격인데 건더기만 건져서 먹고 밥 대신 생식을 먹으려니 뭐가 잘 안 맞는 것 같고 욕구불만족이 되는 것 같다.

김치전은 간식으로 먹었는데 과식을 한 탓인지 배탈이 났다. 먹고 나니 김치전의 주재료는 밀가루인데 밀은 밥과 함께 주식에 속하는 것이라는 게 생각났다. 반찬으로 조금 맛보는 거야 상관없겠지만 아예 식사때처럼 포식했으니 배탈이 나도 싸다는 생각이 든다. 버섯굴죽은 내가 가장 좋아하는 음식인데 참 고민된다. 먹고 나서 후회한다. 맛의 유혹을 뿌리치기가 정말 쉽지 않다. 다음에는 유혹에 넘어가지 않을 수 있을까?

평소에 먹는 데 그리 신경 쓰지 않는다고 생각했는데 오산이었다. 유독 하얀 쌀밥에 잘 익은 김치를 좋아하는 나로서는 생식을 먹을 때마다 갓 지어 김이 모락모락 나는 하얀 쌀밥이 생각난다. 김치는 예전처럼 먹으면 되는데 하얀 쌀밥 대신 생식을 먹어야 하니 솔직히 고역이다. 요즘 텔레비전에서 음식 프로가 인기가 많은 것을 보면 사람이 먹기 위해 사는 건지 살기 위해 먹는 것인지 분간이 잘 안될 때가 있다. '이성적으로야 살기 위해 먹는다'라고 얘기하지만 실제 맛있는 음식을 앞에 놓고는 자제력을 잃기 십상이다. 하지만 어찌하랴. 식욕을 극복하지 못하면 수행도 저만치 멀어지는 것을. 다음에는 슬기롭게 잘 극복하리라 다짐한다.

미진한 제자의 일기를 보내드리는 것 같아 면구스럽습니다. 지금까지는 생활행공을 핑계 삼아 정좌수련을 게을리 하였는데 오늘부터는 매일 30분만이라도 정좌수련을 하도록 하겠습니다. 허락하시면 이번 주 금요일(8.12.) 오후 3시에 찾아뵐까 합니다. 감사합니다. 스승님!

단기 4349년 8월 9일
파주에서 제자 서광렬 올림

【회답】

졸음운전 원인이 밝혀진 것이 무엇보다 다행입니다. 이제 다시는 졸음운전이 되풀이 되는 일이 없기 바랍니다.

글 쓰는 요령 중의 하나는 같은 문장 안에 부득이한 경우를 빼고는 같은 단어를 되풀이 하여 쓰지 않는 것입니다. 동음이어가 없을 때는 뜻이 비슷한 단어를 쓸지언정 같은 단어를 쓰는 것은 피해야 합니다. 그렇게 하지 않으면 좋은 문장을 쓸 수 없습니다.

몽블랑 트래킹

삼공선생님 그동안 안녕하셨는지요.

이번 여름은 유난히도 긴 것 같습니다. 확실히 이전과 다른 기후 변화를 느낍니다.

저는 여름 휴가기간 동안 친구 2명과 유럽의 몽블랑 트래킹을 다녀왔습니다. 8일간 4,810m의 몽블랑산 주위 170km를 오르고 내리는 것인데 날씨도 좋았고 체력단련도 되었습니다.

평소 운동을 해서 그런지 그렇게 힘들지 않았지만 오랜만에 자연 속에서 산행을 하니 즐겁기도 했습니다.

그리고 최근에는 증산도 도전을 사서 읽으며 태을주 운장주를 수시로 염송하고 있습니다.

좀 더 심신이 안정되어 호흡도 잘되니 계속 해볼 생각입니다.

그리고 생식이 떨어져 주문하려고 합니다.

육기생식 4통을 제 사무실로 보내주시면 바로 배송비와 함께 입금하도록 하겠습니다.

아직 아이들과 직장일로 매어 있지만 『선도체험기』를 통해 계속 수련을 이어가고 있습니다.

그럼 선생님, 사모님 모두 건강하시고 또 연락드리겠습니다.

2016년 8월 24일 도율 올림

【회답】

몽블랑 트래킹을 다녀왔다니 부럽습니다. 가솔도 다 무사하신지요. 생식은 즉시 부쳤습니다. 배송비는 필요 없고 생식 값 24만원만 보내면 됩니다. 나도, 집 사람도 다 무사합니다.

될 수 있는 대로 도전을 계속 읽기 바랍니다. 나는 지금까지 세 번 읽었는데 앞으로 적어도 일곱 번은 더 읽어 열 번을 채우려고 합니다. 그래야 전체의 깊은 속 뜻을 파악할 수 있을 것 같습니다.

부디 수련 잘 되시기 바랍니다.

저려오는 다리

그간 평안하셨는지요? 제가 8월 12일 스승님을 뵈었으니 벌써 열흘이 훌쩍 넘었네요. 그 날도 무척 더운 날이었습니다. 제가 삼공재에 오후 3시 좀 안 되어 도착했는데 중년의 여자분이 대문 앞에서 기다리고 있다가 제가 다가오는 것을 보자 초인종을 누르시더군요.

그 여자분은 가부좌한 모습이 꽤 안정되어 있는 것으로 보아 수련을 오랜 기간 해 오지 않았나 하는 생각이 들었습니다. 저도 반가부좌하고 단전에 정신집중을 하려고 노력하였는데도 앉은 지 10분도 안 되어 다리가 저려왔습니다. 처음에는 꾹 참아보려고 했었는데 쉽지 않은 데다 자꾸 신경이 다리 쪽으로 가서 단전에 집중할 수가 없었습니다.

결국 다리를 폈다 오므렸다를 반복하고 중간중간에 손으로 주물러서 저리는 걸 완화시킬 수밖에 없었습니다. 반가부좌 시 왼쪽 다리는 그런대로 괜찮은데 오른쪽 다리가 항상 저리거나 쥐가 납니다.

'100(일빵빵) 땅개'라고 흔히 얘기하는 육군 보병으로 군 생활할 때 탄약창 보초병으로 근무했습니다. 당시 4시간 말뚝근무를 많이 섰는데 짝 다리를 짚고 서 있는 등 자세가 좋지 않은 상태에서 오랫동안 서 있어서 그런지 오른쪽 무릎이 좋지 않습니다. 그런 이유로 오른쪽 다리의 기혈순환이 원활하지 않은 것 같습니다. 수련을 하다

보면 차차 좋아지겠지요.

1시간 정도 지나 그 중년분이 가시고 나서 저도 이만 인사드리고 갈까 하는 생각도 들었습니다. 그래도 '파주 집에서 삼공재까지 오려면 편도로만 2시간이 걸리는데 이왕 온 김에 2시간은 채우고 가자'라고 생각하고 수련에 임했습니다만 마음뿐이고 자꾸 휴대폰에 표시되는 시간을 쳐다보는 제 자신을 발견하였습니다.

제 마음을 읽으셨는지 오후 4시 30분쯤 되었을까 스승님이 '오늘은 그만합시다. 날씨가 더워서 앉아 있기도 힘드네'라고 하셨을 때 저는 속으로 더 잘 되었다고 생각했습니다. 기록적인 더위에 스승님도 지치셨을 터이고 수련생인 제 입장에서도 온전히 집중하기가 어려운 상황이었으니까요.

제가 스승님께 매주 메일로 제 수련상황을 보내드리겠다고 말씀드렸는데 지난주에는 그 약속을 지키지 못하였습니다. 수행이 잘 되어 진척이 있다면 신이 나서 메일을 드릴 것 같은데 수련이 지지부진한 탓에 딱히 말씀드릴 사항이 없었습니다.

날씨도 화창한 날이 있는 반면 잔뜩 찌푸린 날도 있고 산길도 오르막이 있으면 내리막이 있는데…… 제가 항심이 부족한 것 같습니다. 어차피 수련이란 것이 몇 년 하고 그만둘 게 아니고 평생을 두고 가야 할 길이라면 좋은 날보다 흐린 날, 평탄한 길보다는 험난한 길에서 더 정신을 가다듬어야 하지 않을까 생각합니다. 수련이 잘 될 때는 누가 시키지 않아도 스스로 하겠지만, 슬럼프에 빠졌을 때에 어떻게 슬기롭게 극복하느냐가 죽을 때까지 수련을 이어나갈 수 있느냐를 판가름하겠죠.

그리고 스승님이 지적하신 대로 한 문장 안에 똑같은 단어를 되풀이하는 일이 없도록 신경 쓰도록 하겠습니다. 『선도체험기』 이메일 란에 많이 언급하신 부분이라서 글을 쓸 때 조심한다고 하는데 제가 부주의한 탓에 지켜지지 않은 경우가 좀 있는 것 같습니다.

제 평생의 소원 중 하나는 선생님이 쓰신 『선도체험기』처럼, 쉽게 읽히면서도 진리를 설파하여 독자의 마음에 진한 감동을 줄 수 있는 글을 써 보는 것입니다. 고등학교 시절에는 소설가를 꿈꿨었고 대학교 진학시에는 문학공부를 하고 싶어 국문과를 가려는 마음도 있었지만 취직이 더 잘 되는 쪽을 택하다 보니 영문과를 선택하게 되었습니다.

지금은 공무원으로 재직 중이지만 선도수련을 꾸준히 함과 동시에 글 쓰는 연습도 틈틈이 해서 퇴직한 후에는 사람들의 심금을 울리는 좋은 글을 써 보고 싶습니다. 작가이신 스승님의 많은 지도와 편달을 부탁드립니다.

요즈음 제 수련에는 이렇다 할 큰 변동사항은 없습니다. 매일 아침 일어나 1시간 정도 걷기 또는 달리기를 실시하고 저녁에는 양반걸음을 20분가량 하고 주말에는 가정생활에 지장을 주지 않는 경우 5시간 정도의 등산을 합니다. 생식은 최소한 하루 2끼 이상 하고 있고 있습니다. 생식을 먹을 때는 컵에 생식과립을 넣고 물이나 우유를 부은 다음 씹었을 때 딱딱한 느낌이 들지 않을 때까지 기다려 반죽을 만들어 먹습니다. 제가 생식을 먹는 모습을 보고 둘째 딸아이가 가끔씩 저에게 다가와서 물끄러미 쳐다봅니다.

첫째 딸에 비해 둘째 딸은 식탐이 있어 누가 뭘 먹는 모습을 보기만 하면 쪼르르 달려옵니다. '줄까?' 물어보면 말없이 고개를 끄덕입니다. 작은 티스푼으로 생식을 입에 넣어주면 오물오물 씹다가 얼굴을 찡그립니다. '맛이 없어?' 물어보면 '응. 그런데 아빠는 이걸 왜 먹어?' 묻습니다. 저는 '건강하게 오래 살려고 먹지!'라고 대답합니다. 금촉수련의 성색취미음저 중 미(味)에 해당하며 생식을 먹음으로써 맛을 극복하고 건강한 몸을 만들자는 의미이니 이처럼 대답해도 그 뜻은 일맥상통하는 게 아닐까 합니다.

단전은 항상 따뜻함을 유지하는 단계까지는 아직 이르지 못했지만, 의식을 하단전에 두는 즉시 온기를 느낍니다. 선생님을 찾아뵙고 본격적으로 수련을 하기 전에는 하단전에 집중하여 따스함을 느끼는 데 시간이 다소 걸렸었는데요. 그 때와 비교하면 지금은 큰 향상이 있었다고 볼 수 있겠죠. 또한 손과 발 등에도 벌레가 스멀스멀 기어 다니는 것 같다거나 따뜻한 물이 몸을 타고 흘러 내린다거나 찌르르 약한 전기가 흐르는 느낌이 들기도 합니다.

하지만 선생님이 『선도체험기』에 누차 강조하셨듯이 하단전에 충분한 축기가 될 때까지는 건축물의 기초공사를 굳건히 한다는 생각으로 하단전에만 의식을 집중하며 정성을 들이고 있습니다.

마음공부 면에서는 『선도체험기』를 1권부터 다시 읽기 시작하여 현재 6권째 읽고 있습니다. 2015년 초에 읽은 적이 있지만 지금 다시 읽어보니 생소한 부분도 있고 기공부하는 데 많은 도움이 되는 것 같습니다. 특히 임독맥, 상단전, 중단전, 하단전 경혈자리에 대해 잘 몰라서 경혈도 책을 참조해 가며 읽고 있습니다. 또한, 지금의 제 수련상황과 비교해 보면서 어떤 점을 보완해야 할지 알 수 있어 유익하였습니다.

『선도체험기』에 혈통 줄에 대하여도 여러 번 언급하며 강조하고 있음에도 불구하고 제가 우리나라 상고사에 대한 분야에 그다지 큰 관심을 두지 않았던 점을 반성하며 별도 시간을 할애하여 공부할 생각입니다.

애초에 2주에 한번 찾아뵙겠다고 말씀 드렸기 때문에 계획대로라면 이번 주에 삼공재에 가야 하는데, 이번 주말에는 가족들끼리 롯데월드에 가기로 약속을 하여 삼공재 방문을 한 주 뒤로 미룰까 합니다. 죄송합니다.

롯데월드 입장권을 제 여동생이 가족 수에 딱 맞게 4장을 보냈는데 저만 빠지기도 난처하고 사용기한이 8월말까지라…… 요즈음은 자꾸 아내 눈치를 보게 되네요. '오빠! 같이 갈 수 있어요?'라고 물어보는데, 웃는 낯이긴 하나 새우눈을 뜨고 쳐다보며 대답을 기다립니다. 만약 거기다 대고 못 간다고 하면 집안 분위기가 꽁꽁 얼어붙는 것은 뻔한 일! 사형 같은 배우자가 채근하듯이 물어보는데 대답은 당연히 'YES'여야겠죠! 전 솔직히 사람 많은 곳에 가는 걸 질색하고 특히 오래 기다리는 걸 싫어하긴 하지만, 아이들이 놀이기구 타며 좋아하는 걸 보면 저도 덩달아 기분이 좋아질 것 같긴 합니다.

허락하신다면 삼공재에는 다음 주 토요일인 9월 3일 방문드릴 예정이며, 생식이 현재 얼마 남아 있지 않아 방문할 때 구입했으면 하며 가능하시면 진맥도 다시 해 주셨으면 합니다. 진맥은 7월 1일 처음 방문 시에 한 번 받은 적이 있습니다. 그 당시 석맥이 나와 수 1, 상화 1, 표준 2로 처방 받았습니다. 7월 30일에는 진맥 없이 수 1, 상화 1, 표준 3(제 배우자가 먹을 용도로 표준 1개 추가)으로 받았고요. 두 달 동안 생식을 미흡하긴 하지만 제 나름대로 꾸준히 한 만큼 맥이 바뀌었을 수도 있으니 다시 점검해 주시길 부탁드립니다. 다음주에 먼저 메일 드리고 찾아뵙도록 하겠습니다.

감사합니다. 스승님!

단기 4349(2016)년 8월 25일

파주에서 제자 서광렬 올림

【회답】

수련 진도가 좀 느리긴 하지만 꾸준히 좋은 쪽으로 진행하고 있어서 참으로 다행입니다. 수련 때문에 부인과 충돌하는 일 없도록 각별히 명심해야 할 것입니다. 이제 백 년 만에 처음이라는 무더위도 오늘(8월 26일)부로 분명 한풀 꺾였으니 다음 만날 때는 선선하리라고 생각됩니다.

담배를 못 끊어서

김태영 선생님 안녕하세요. 저는 충남 아산에서 어린 시절을 보냈고 초등학교 때 천안으로 이사 와서 26여년 살고 있는 평범한 직장인 안진호라고합니다.

제 간단한 소개를 하면 형은 어릴 때 물놀이 하다가 물에 빠져 돌아가시고 저는 형제 없이 혼자 자라게 되었습니다. 아버지께서는 충격이 크셨던지 그전부터 술을 많이 드셨지만 더욱더 술에 의존하시게 되었습니다.

그런 이유로 부모님께서는 다툼이 많으셨고 가정불화로 힘든 유년 시절을 보냈습니다. 아버지께서 유독 술을 많이 드셨고 어머니와 다툼이 많으셨으며 술을 드시지 않으면 거의 대화를 하지 않으셨습니다.

그래서 항상 답답하였고 어머니를 생각하면 항상 불쌍하다고 생각을 많이 하였습니다.

하지만 나이 들고 어른이 될수록 저도 어머니에게 아버지처럼 술주정을 하고 화도 많이 내는 제 행동에 정말 후회와 자책감이 몰려왔습니다.

부모님과 저 사이에 많은 악연과 선연이 겹쳐져 있지 않나 하는 생각들이 많이 들었습니다.

대학교를 졸업하고 취업을 하고도 13개월 정도를 다니다가 적성에 맞지 않는다고 사표를 쓰고 적금 든 돈과 퇴직금으로 자전거 여행을 한달 정도 전국을 돌아 다녔습니다.

마치 파랑새가 저와는 아주 먼 곳에 있다는 착각 속에 빠져있었습니다.

다녀와서도 1년 정도 백수 생활을 하다가 여기 저기 직장을 옮겨 다니며 무책임한 나날을 보냈습니다.

그렇게 방황을 하고 마음을 잡지 못하고 생활하고 있는 와중에 친구에게 다 버리고 출가하고 싶다고 자주 말했었는데 친구가 그러지 말고 이 책을 읽어 보라고 하여서 친구에게 『선도체험기』를 사서 읽고 있습니다.

친구는 제가 『선도체험기』를 읽겠다고 하니 100여권을 구해 주었습니다. 그리고 새로 나오는 책들은 모두 구매하였으며 지금은 68권을 읽고 있습니다.

단군 5권은 모두 보았으며 선생님께서 쓰신 『구도자요결』, 『다물』, 『한단고기』 상 / 하권, 『산놀이』, 『가면벗기기』, 『하계수련』을 구매하였으며 『선도체험기』를 모두 보고 차례로 읽을 계획입니다.

선생님께서 쓰신 『선도체험기』를 만나고 제 생활이 정말 많이 바뀌었습니다. 읽기 전에는 술을 항시 먹었고 주말에는 만취가 되어 집에 들어가는 일이 많았습니다. 그리고 항상 세상 탓, 부모 탓, 주변 사람들 탓을 많이 하며 분노와 증오 속에 살아 왔습니다.

지금도 술을 먹지 않는 것은 아니지만 마실 때는 친구들과 1차에서 간단히 맥주 몇 잔, 막걸리 몇 잔 마시고 집으로 들어옵니다.

『선도체험기』를 보면서 매일 꾸준히 아침운동 1시간씩 달리기 걷기를 하려고 노력하고 있으며 밤에는 정경스님의 참선요가를 1시간씩하고 주말에는 등산을 6시간 이상 꾸준히 하려고 노력하고 있습니다.

제가 게으르고 의지가 약한 탓에 매일 매일 밥 먹듯이 못하고 있습니다. 운동을 못한 날은 왠지 찜찜하고 자책감이 들어 마음이 불편합니다.

오늘 일요일 아침부터 산에 가려고 준비해서 버스 타고 나와 산 입구까지 갔는데 비가 그치질 않아서 아쉬운 발걸음을 돌렸습니다.

아직은 단전에 뜨거운 느낌은 들지 않고 있습니다. 출근 전에 운동을 하고 구도자요결을 보며 천부경, 삼일신고, 『대각경』을 암송하고 단전호흡을 하고 태을주를 암송하고 있는데 온몸에 진동이 한번 왔었고 『선도체험기』를 볼 때 머리 위에서 슬금슬금 기어 내려오는 느낌을 받았고 뭐가 누르고 있는 느낌이 강하게 들 때가 있습니다.

책을 보면서 저의 지금의 모습이 지난날의 수 많은 전생들이 모여 이루어 진 걸 알게 됐다는 것이 정말 감사합니다. 키가 작은 것도 얼굴이 미남형이 아닌 것도 부자가 아닌 것도 좋은 환경이 아닌 것도 누구 탓을 할 것이 아니라 모두 내가 만든 세상이구나 생각을 하면 숙연해지고 반성을 하게 됩니다.

오늘 제가 선생님께 이메일을 보내는 것은 다름이 아니오라 생식을 하고 싶어서 이렇게 글을 쓰게 되었습니다.

책을 계속 보면서 삼공재에 방문하여 생식처방을 받고 싶었습니다. 하지만 아직도 제가 담배를 끊지 못하고 있습니다.

『선도체험기』를 같이 보는 두 친구는 이미 2년 넘게 금연을 하고 있는데 제가 아직도 부족하고 모자란 탓에 담배를 끊지 못했습니다.

그래도 혹시 생식처방을 받을 수 있는지 해서 이렇게 메일을 보내게 되었습니다. 더욱 더 분발하여 담배도 끊고 삼공선도 공부에 매진을 하고 싶습니다.

두서없이 글을 써서 선생님께서 보기 불편하실까 봐 걱정됩니다. 그래도 끝까지 읽어 주신다면 감사하겠습니다. 선생님 답장을 기다리겠습니다.

항상 건강하시길 기원합니다. 감사합니다.

2016년 9월 18일
천안에서 안진호 독자 올림.

【회답】

수련이 잘 진행되고 있습니다. 담배만 끊을 수 있다면 수련은 일사천리로 더욱 더 빨리 진행될 것 같습니다. 몸에 특별한 병만 없다면 표준생식을 처방해 드리겠습니다. 지금까지 발간된 『선도체험기』 112권까지 독파하시기 바랍니다.

말벌에 쏘인 이야기

오랜만에 스승님께 인사 올립니다.

스승님을 찾아 뵌 날이 9월 3일이니 벌써 1달이 훌쩍 지나 버렸네요. 그간 기별을 드리지 못해 죄송합니다. '메일 드려야지' 생각하면서도 자꾸만 미루는 저 자신을 발견하고는 마음을 다잡고 스승님께 편지를 올립니다.

우선 제가 편지를 너무 늦게 올리게 된 사유에 대해 핑계를 좀 댈까 합니다. 제 어머니가 전남 나주에서 조그마한 배 과수원을 운영합니다. 국세청에 입사한 2004년부터 추석과 설 명절 때마다 제가 직원들에게 직거래 형태로 어머니가 재배한 배를 팔아드리고 있는데 이번 추석에도 배를 판매하였습니다. 직원들로부터 배를 주문 받아 배송내역을 작성한 후 주문내용과 일치하는지 대조한 후 택배회사에 발송의뢰하고 배 값 입금 확인하고 배송 사고 등으로 인한 불만족사항을 처리하다 보면 신경이 여간 쓰이는 게 사실입니다. 어머니만 아니라면 돈을 주고 해달라 하여도 사양하였을 텐데, 고생하여 농사지은 배를 헐값에 공판장에 내다파는 걸 보고만 있을 수 없어 팔아드리고 있습니다만, 문제는 배 팔아드리는 데 신경 쓰다 보니 제가 일하는 사무실에서 더 큰 문제가 발생한 것입니다.

제가 배 파느라 정신이 없었던 것인지 모르겠으나, 세무조사를 진행하던 건이 있었는데 부득이한 사정으로 조사 종결을 해야 하는 상황이 발생하였습니다. 납세자가 소명자료 제출을 하지 않는 등 조사 협조가 되지 않아서 조사 중지를 하려고 하였습니다만, 조사중지통지를 서면으로 하지 않아 조사기간이 만료되었던 것입니다. 조사중지통지를 반드시 등기 우편으로 보내던가 아니면 납세자를 만나 통지서에 서명을 받아야 하는데 세무대리인에게만 전화통화로 알려주고 '통지했다'고 나름대로 생각해 버린 것 같습니다. 부랴부랴 그때까지 조사한 것을 마무리하여 조사 종결하였으나, 납세자는 조사절차를 트집잡아 권리보호요청을 하여 납세자보호위원회에 출두하여 발언을 하는 등 사건사고가 많았던 1달이었습니다. 권리 보호 요청 건은 납세자 쪽에서 불법으로 녹취한 자료를 제출하는 등의 행태를 보인 바람에 납세자 주장이 기각되었지만, 이번 일을 계기로 제 자신을 반성해 보게 되었습니다.

'무언가를 깜빡 한다'는 것은 구도자의 입장에서 보면 '관이 부족하다'는 것으로 결론을 내릴 수 있을 것 같습니다. 자기 자신에 대하여 객관적인 시각으로 볼 수 있어야 하는데도 솔직히 잘 되질 않습니다. 본인이 지금 어떤 행동을 하고 있는지 어떤 마음상태에 있는지를 빤히 지켜볼 수 있다면 이러한 실수가 나오지 않았을 텐데 하는 아쉬움이 남습니다.

납세자를 대할 때에도 자료요구에 잘 응하지 않는다고 제가 화를 내거나 짜증을 내다보니 그 감정에 휘둘려 정작 중요한 절차를 놓쳐버린 건 아닌가 하는 생각도 해 봅니다.

　요즈음은 제가 인형극 속의 인물이 되어 움직이고 있고 또 다른 나인 관객이 이를 지켜보고 있다는 생각으로 제 자신을 객관적인 시각에서 바라보려고 노력하고 있습니다. 철저한 관조자가 되어 인형극을 지켜봐야 하는데 자꾸 극 속의 인물이 되어버리려고 하는 걸로 봐선 아직 갈 길이 먼 것 같습니다.

　또 하나의 에피소드를 말씀 드리자면, 매년 9월 중순쯤 되면 밤송이가 자연스레 벌어져 밤이 떨어질 때인데, 등산을 갔다 돌아오는 길에 떨어진 밤을 발견하게 되었습니다.

　그냥 길가에 떨어진 밤만 몇 개 주었으면 되었을 것을, 밤을 줍다 보니 자연히 숲 속 으슥한 곳에 이르게 되었는데 갑자기 윙~ 하는 소리가 나는 겁니다. 깜짝 놀라 살펴보니 이미 대여섯 마리의 말벌과 대치하게 된 것입니다. 제가 땅에 있는 벌집을 건드린 것인지 아니면 배낭 속 과일의 단내를 맡고 달려든 것인지 말벌의 벌침 공격을 받아 순식간에 왼팔의 어깨 부분과 손목 위를 쏘였습니다. 혼비백산하여 '걸음아 나 살려라'하고 수십 미터를 도망했는데 다행히 쫓아오지는 않았습니다.

　팔을 걷어 올려 살펴보니 쏘인 부분은 직경 1.5cm로 부어오르고 주변은 독이 퍼져 빨갛게 반점이 돋아 올랐습니다. 쏘인 부분이 계속 쑤시는 데다 왼팔이 내려앉는 것 같은 통증이 하루 이상 가더군요. 마치 망치 등으로 얻어맞았을 때 처럼요. 하루가 지나자 통증은 가라앉았지만 독이 손 쪽으로 내려가면서 팔 전체가 통통 부어올랐고 가려운 증상이 생겼습니다.

　어찌나 부어올랐는지 왼팔이 오른팔 두께의 1.5배 정도는 되어 보였습니다. 일주일이 지나고 나서야 정상으로 돌아왔습니다. 어렸을 때 머리에 말벌을 쏘인 적이 있어 면역력이 있다고 생각해서 별도 조치는 하지 않았지만, 말벌에 많이 쏘이면 생명이 위험할 수 있겠다는 생각이 들었습니다.

　말벌에 2방이나 쏘인 것은 대체 어떤 이유일까 생각해 보았습니다. 분명 '욕심'이 아닐까 싶습니다. 다람쥐 등의 먹이로 남겨놓으면 될 것을, 아니면 길 가에 떨어진 것만 몇 개 주우면 될 것을, 견물생심이라고 욕심을 내어 숲 안쪽의 것까지 주우려고 하다 보니 인적이 드문 곳에 살던 말벌에게 호되게 당한 것입니다.

　이 세상을 살면서 무슨 일을 할 때 도를 넘지 않고 적당한 선에서 멈출 줄 아는 것이 생활의 지혜인 것 같습니다.

　스승님께 메일도 드리지 않고 찾아뵙지도 않은 1달 남짓한 동안 삼공선도와도 거리가 있었습니다.

　'꾸준히 수련을 해야 한다'는 생각은 늘 있으나 행동으로 옮기기는 어렵습니다. 스승님께서 늘 하시는 말씀인 '말보다 행동이 앞서는 사람'이 되어야 하는데 요사이 제 수련상황을 보면 '내가 죽을 때까지 정 기 신을 닦겠다'고 결심한 사람이 맞나 하는 의아심이 듭니다.

　느슨해진 허리띠를 졸라매고 다시 정진하도록 하겠습니다. 생식이 표준 한 통밖에 남아 있지 않아 이번 주 토요일(10.15)에 찾아 뵙고 생식을 구입하도록 하겠습니다. 전과 같이 표준으로 처방해 주시면 될 듯 합니다. 그리고 그간 고대했던 『선도체험기』 112권도 같이 사고자 합니다.

감사합니다. 스승님!

단기 4349년 10월 11일
파주에서 제자 서광렬 올림

【회답】

불상사나 손해나는 일을 당했을 때는 무조건 내 탓으로 돌리면 됩니다. 남의 탓으로 돌릴 때는 원망과 분노가 한 없이 치밀지만 무작정 내 탓으로 돌리는 순간 일시적인 손실감은 있겠지만 결국 마음은 한없이 평안을 누리게 될 것입니다. 이것을 보면 틀림 없이 후자가 맞습니다. 마음 편안한 것이 옳은 것이니까요.

감동적인 체험기

삼공재를 서른세 번째로 다녀간 이영호입니다. 『선도체험기』 112권을 다 읽었습니다. 김희선 씨의 체험기가 감동적이었습니다.

꾸준한 노력과 인내가 수행의 성패를 가르는 것 같습니다.

선생님께서도 오랫동안 건강하시어 후학들을 지도해 주시기 바랍니다. 선생님의 은혜에 감사드리며 10일 오후 3시에 찾아뵙겠습니다.

2016년 10월 7일
이영호 올림

【회답】

내 육감에 따르면 이영호 씨가 지금과 같은 열의와 인내력으로 앞으로도 수련을 계속한다면 반드시 김희선 씨 못지 않는 성과를 올릴 것입니다. 부디 분발하시기 바랍니다.

뜻밖의 전화

선생님 안녕하세요.

이번 주에 선생님께 메일 보내고 2번째로 생식을 주문한 천안에 살고 있는 안진호라고 합니다.

밤에 메일을 보내고 다음날 아침 선생님께 생식대금을 입금을 한 후 출근해서 일을 하고 있는데 오전 중에 선생님께서 직접 전화도 해주시고 정말 감사드립니다.

서울에서 오는 전화는 대부분이 광고 전화여서 안받을까 했는데 이상하게 느낌이 이 전화는 받아야겠다는 생각이 들었습니다.

전화를 받고 역시 잘했다는 생각이 들었습니다. 바쁘신 와중에 선생님께서 직접 전화도 해 주시고 다시 한번 감사드립니다.

선생님과 처음 통화를 하는 것이라 당황하기도 했고 신기하기도 했습니다. 그래도 직접 전화를 주셨다는 것만으로도 감사한 마음이 가득 했습니다.

같이 『선도체험기』를 보고 있는 친구들에게도 선생님하고 짧게나마 통화해서 기분 좋았다고 자랑도 했습니다.

그리고 선생님께서 『선도체험기』를 써주셔서 제가 많은 것을 배웠고 제 인생이 많이 바뀌어서 감사드립니다라고 말씀을 못 드린 건 너무 아쉬웠습니다.

선생님께서 보내주신 택배는 오늘 배달될 예정이었으나 문제가 있었던지 택배기사가 전화를 하여 다른 지역으로 잘못 배송이 되었다고 내일 배송해 드린다고 연락이 왔습니다. 그래서 하루 더 즐거운 마음으로 기다리면 되겠다고 생각을 했습니다.

꾸준히 생식을 먹으면서 『선도체험기』 112권까지 모두 보고 삼공선도도 열심히 공부하겠습니다.

아직도 많이 게으르고 실천하지 못하는 제 자신을 계속 채찍질 하며 하루 하루 더 노력하는 사람이 되겠습니다.

선생님께서 보내주신 답장을 읽고 당황하면 안되겠구나! 드디어 저에게도 빚을 갚으러 왔구나 생각이 들었습니다.

누가 온 것일까 궁금증도 생기고 제가 빙의령에게 무슨 잘못을 했을까 하고 생각을 했습니다.

궁금하지만 제가 풀어야 할 숙제니까 스스로 알아내고 해결해야겠지요.

선생님 며칠째 머리는 점점 지끈거리고 뜨겁습니다. 그리고 계속 마음이 우울하고 기분이 좋지 않습니다.

일할 때도 의욕이 생기지 않고 쉬고 싶다는 생각이 많이 듭니다. 푹 자고 아침에 일어나면 괜찮겠지 생각을 했지만 역시 그대로 였습니다.

이번 주는 일을 하면서 머리 쪽 짓누르는 부분, 빙의령을 계속 관찰을 하며 마음속으로 (인과응보, 해원상생)이라고 암송을 하고 있습니다.

하지만 아직은 아무런 효과는 없습니다. 관찰한지 며칠 되지도 않아서 해결될 일이 아니라는 것을 알고 있습니다.

『선도체험기』를 보고 공부한대로 몇 달이든 몇 년이든 꾸준히 계속 관찰하겠습니다.

그리고 선생님 가끔 생활하다 보면 등쪽에서 벌레가 꾸물꾸물 기어가는 것과 같이 무엇인가 느껴집니다.

또한 이번에 제 몸을 관찰하면서 정확하게 안 것은 숨을 쉴 때 가슴이 움직이는 것이 아니라 아랫배가 올라갔다 내려갔다 하는 것을 깨달았습니다. 아랫배를 의식을 하면 더욱 강하게 움직이고 일을 하다가도 관찰해보면 아랫배가 움직이고 있습니다. 아직은 단전이 따뜻하지는 않지만 조금씩은 단전호흡을 하고 있지 않나 생각이 듭니다.

선생님 다음에도 하루하루 꾸준히 관찰하며 경험한 것들을 메일로 보내겠습니다.

항상 감사드리고 건강하시길 기원합니다.

2016년 10월 27일
천안에서 안진호 올림.

【회답】

빙의가 되었을 때는 아무 생각도 하지 말고 무조건 빙의령에게 의식을 집중하기만 하면 됩니다. 일요일에는 무엇을 하십니까? 가능하면 다섯 시간 정도 등산을 하기 바랍니다. 등산 요령은 『선도체험기』에 나온 대로 하면 됩니다.

운기 조식하는 등산

삼공선생님, 도율입니다.

그동안 안녕하셨는지요? 10월 중순경 『선도체험기』 112권을 읽고 다음과 같은 이메일을 보냈었는데 2번에 걸쳐 전송 실패가 되었습니다.

안녕하십니까? 도율입니다.

직장 일은 여전히 많지만 익숙해졌고 아들이 영동고등학교로 진학해 아침 일찍 등교해서 제가 차로 태워주고 집에 돌아와 출근을 합니다. 주말에도 애들 둘을 나눠서 챙기다 보면 한 주가 훌쩍 지납니다.

『선도체험기』가 나오면 좀 더 마음을 다잡고 초심으로 돌아갈 수 있어 좋습니다.

얼마 전에는 도봉산 포대능선 코스를 함께 타던 분으로부터 연락이 왔는데 갑자기 뇌경색이 와 한 달간 입원을 했다고 합니다. 등산을 참 열심히 하던 사람이었는데 등산만으로는 모든 병을 이기기가 힘든 모양입니다.

새로 나온 『선도체험기』를 보며 다시 생활 행공을 열심히 해보겠습니다.

그럼 다음에 또 연락드릴 때까지 안녕히 계십시오.

확인해보니 선생님이 이메일 계정이 바뀌었는데 이전 이메일 주소로 보내는 바람에 그렇게 된 것 같습니다.

요즘 정국이 최순실 사태로 급변하게 되었습니다. 될 수 있는 대로 정치적인 문제에 휘둘리지 않으려고 하고 있지만 작금의 사태는 가만히 보고 있기엔 문제가 심각한 것 같습니다.

나름 지지하고 잘 되길 바랐던 대통령이었는데 아직 그 전모가 다 드러나지 않았지만 실망스러운 면이 많습니다. 정감록이나 도전에서 말하는 선천후천 급변 사태 가운데 서 있구나 하는 생각이 들었습니다. 이럴 때일수록 더욱 더 삼공수련에 매진해야겠다고 다짐하고 있습니다.

다음 『선도체험기』에는 이 부분에 대한 이야기와 해결책이 나오리라 기대해보겠습니다.

항상 가족 모두 건강하시고 다음 『선도체험기』를 기다리겠습니다. 안녕히 계십시오.

2016년 11월 2일
도율 올림

【회답】

등산을 아무리 열심히 해도 도율처럼 생리적으로 그리고 자동적으로 운기조식(運氣調息)이 되는 등산을 한다면 뇌경색 따위에 걸리는 일은 없게 될 것입니다. 그런 질병에 관심을 보이는 등산 친구들에게 이 점을 알려주는 것이 오히려 이타행이 되지 않을까 합니다.

최순실 사건에 대해서 나는 좀 색다른 견해를 갖고 있습니다. 박근혜 대통령은 그녀 자신은 아는지 모르는지 모르겠지만 일정한 하늘의 사명을 띠고 우리나라에 태어났다고 봅니다. 그녀의 고집불통은 세종시 문제 때도 많은 사람들의 원망을 무릅쓰고 끝끝내 관철시키고야 말았습니다.

잘한 일인지 잘못한 일인지는 훗날 역사가 증명해 줄 것입니다. 이번 사건에서도 얼마나 그 유명한 고집불통이 또 기승을 부릴지 냉정한 눈으로 지켜보는 것도 흥미진진할 것입니다.

그리고 지축정립(地軸正立)의 때는 아직 아닌 것 같습니다. 도전과 각종 예언에 보면 지축정립 전에 무력 충돌과 함께 역병(疫病)이 기승을 부린다고 했는데 아직은 그런 징후는 보이지 않습니다.

가슴이 너무 답답합니다

선생님 안녕하십니까? 수고가 많으십니다.

제주도 김치호입니다

앉아서 호흡하려고 하기만 하면 가슴이 체한 것 같고

너무 답답하고 머리가 무거우면서 띵하고 어지럽습니다.

온몸이 나른하고 무기력하고 특히 다리에 기운이 없습니다.

2016년 11월 4일

김치호 올림

【회답】

심하게 빙의가 되어 있습니다. 무조건 빙의령을 관(觀)해야 합니다. 빙의령의 모습이 보이지 않아도 의식으로 빙의령이 천도될 때까지 계속 관해야 합니다. 그리고 이메일이 너무 짧습니다. 적어도 선도 수련을 하게 된 사연을 A4용지 한 장 이상 써서 보내기 바랍니다.

보내신 메일 감사합니다

선생님 감사합니다

호흡선생님을 처음 찾아갔을 때가 1986년 1월 쯤입니다. 호흡하게 된 동기는 어렸을 때부터 약골이라 누가 단전호흡을 하면 건강이 좋아진다고 해서 시작했습니다.

호흡은 중국식인 것 같았어요. 중국 책들이 많고, 정통도장이라는 방대한 경전도 본 기억이 납니다. 호흡을 어떻게 해야 된다는 설명은 없었습니다.

하얀 종이에 아침 해 뜰 때 동쪽 보고 호흡하고 해 질 때는 서쪽을 향해서 호흡하라는 쪽지만 보고 처음으로 호흡을 시작했습니다. 그 이외에는 일체 설명도 없었습니다.

그래서 단전호흡이 좋다고 하니까 혼자서 하다 보니 단전이 부풀어 오고 따뜻한 기운이 생겼습니다. 그 기운은 미려로 해서 독맥을 따라 올라가더니 단전까지 한 바퀴 돌아왔습니다.

다음날 아침에 보니 정액이 한 가득 나와서 마음이 허탈했습니다. 그 뒤로 호흡을 어떻게 해야 되는지도 모르고 선생님 댁에서 나와서 방황하다가 어느 순간 또 앉아서 호흡하는데 가슴이 막히더니 숨쉬기가 곤란해서 그때부터 호흡을 전혀 하지 않다가 또 하려고 하면 가슴이 막히고 완전히 손을 놓고 있었습니다.

그럭저럭 보내고 있는데 한 선배가 94년 쯤에 『선도체험기』를 한 번 사 보라고 해서 여태까지 1권부터 현재 110까지 읽고 있습니다.

『선도체험기』 덕에 생식도 처방 받아서 먹어도 봤고, 책 내용과 주옥 같은 글이 너무 좋아서 번민이 많았던 시간에 마음에 위안 많이 됐습니다.

요즈음 처음부터 다시 읽고 있는데 전에 볼 때보다 보다 더욱 가슴에 다가옵니다. 선생님께 다시 한번 감사드립니다.

선생님 죄송하지만 빙의가 어떻게 해서 들어왔는지 그리고 빙의 정체가 무엇인지 말씀해 주실 수 있을까요?

빙의 현상 때문인지 살도 많이 빠지고 특히 뱃살도 빠지고 태양혈에 살도 많이 빠졌습니다. 그럼 안녕히 계십시오. 감사합니다.

2016년 11월 4일
김치호 올림

【회답】

들어오는 빙의령은 모두 전생에 김치호 씨에게 원한이 있었기 때문입니다. 모두가 김치호 씨가 저지른 인과응보니까 순순히 받아들여서 천도를 시킬 수 밖에 없습니다.

천도시키는 요령은 관을 하는 겁니다. 상세한 방법은 『선도체험기』에 여러 번 되풀이해서 설명해 놓았으니 참고하세요. 그것 외에 나

에게 이메일을 자꾸만 보내도 소용없습니다. 관을 함으로써 스스로
해결할 수밖에 없습니다. 앞으로 또 빙의령 때문에 가슴이 답답하다
고 호소해 보았자 회답은 없을 것입니다.

『선도체험기』 발송 요청

김태영 선생님, 안녕하십니까? 서울 사는 『선도체험기』 애독자 이창선이라고 합니다. 『선도체험기』 99~108권 발송 요청 드립니다. 총금액을 알려주시면 바로 입금해 드리겠습니다.

주소는 서울시 강남구 개포로 235 한영빌딩 4층입니다.

제 소개를 간단히 드리자면

지금으로부터 20년 전인 10대 후반에 『선도체험기』 1~60여권까지 읽고 오행생식을 하면서 혼자 열심히 수련했으나 나이가 어리고 구도자의 자질이 부족한 탓인지 단전에 기운을 느끼지 못하고 뚜렷한 성과도 거두지 못한 채 중단한 바 있습니다.

다만 마음공부는 어느 정도 되어 올바른 인생관 정립에 도움이 되었던 것은 사실입니다.

그 후 20년의 세월이 흘러 우연히 112권까지 출판된 『선도체험기』를 다시 접하게 되었고 예전에 중단한 삼공선도에 다시 도전해봐야겠다는 생각을 하게 됐습니다. 다행히 현재는 장심으로 동그란 구슬이 도는 것 같은 미세한 기운은 느끼고 있습니다.

그간 한울문, 수선재, 인도에서 들어온 원네스 명상 등을 직간접적으로 접해 봤으나 바로 이거다라는 생각이 드는 곳은 없었습니다.

현재 『선도체험기』 위주로 그밖에 진정스승의 정법강의, 효심사

주지 성담스님 강의, 법륜스님의 즉문즉설 등을 유튜브로 들으며 마음공부를 하고 있습니다.

또 지난 2~3년간 마라톤을 했으나 건강에 도움이 되지 않는다는 말을 듣고 최근에는 매주 주말 전국의 명산을 돌며 등산을 하고 있으며 인근 절에 들러 108배 수련도 하고 있습니다.

그러나 혼자서 하는 수련에 큰 진전이 없어 선생님을 직접 찾아 뵙고 오행생식을 처방 받고 삼공선도에 대한 가르침을 청하고자 했으나 담배를 아직 끊지 못하여 부득이 집 주변의 오행생식 대리점에서 생식을 구입해 현재 매일 3번씩 먹고 있습니다.

다행히 오행생식을 한 후 흡연량이 절반 이상으로 떨어져 현재 하루 1/3갑 정도 피우고 있습니다.

흡연자는 완전 금연 후 21일 후에 찾아오라고 하셨으므로 차후 담배를 완전히 끊게 되면 꼭 찾아 뵙고 인사를 드리겠습니다.

그럼 계속해서 좋은 글 많이 써주시고 항상 건강하시기를 기원 드립니다.

감사합니다.

2016년 11월4일
서울에서 이창선 드림

【회답】

20년이라는 장구한 세월에 걸쳐서 『선도체험기』를 벗삼아 온 것을 보니 그 책의 저자와는 전생부터 깊은 사연이 있는 것 같습니다. 금생에야 말로 무슨 일이 있어도 반드시 이거다 하는 성과가 있기를 간절히 기원합니다.

잃어버렸던 지갑

사무실 근처 공원에 빨갛게 물든 벗나무 잎사귀가 가을 바람에 흩날립니다. 가을 단풍이 진행되는 과정을 지켜보고 있으면 현재의 시간이 어김없이 흘러가고 있음을 실감하게 됩니다.

'나는 왜 태어났고 지금 왜 존재하고 있으며 어떠한 인생길을 걸어가야 할 것인가?'에 대한 질문은 어렸을 때부터 숱하게 의문을 품어왔던 것인데 『선도체험기』를 통해 그 답을 알게 되었고 그 답을 정기신(精氣身)을 통해 체득하는 과정이 저 자신에 대한 숙제로 남아있는 듯 합니다.

스승님을 찾아뵙고 인사드린 게 올해 본격적인 더위가 시작되는 7월초였는데 벌써 찬바람이 불기 시작하는 11월 중순으로 접어들었습니다. 지난번 스승님이 메일을 통하여 '수련이 더디다'고 말씀하셨는데 그 원인은 바로 저에게 있는 것 같습니다.

몸공부 측면에서는 생식과 걷기만을 매일 실행하고 있으며 등산은 가까운 나지막한 산을 1~2시간 다녀오는 것으로 대체하였으며 도인체조 및 몸살림운동 또한 최근 거르기 일쑤였습니다.

기공부 면에서는 출퇴근 운전시와 산책시 하단전을 의식하면서 호흡을 하려고 노력하였을 뿐 가부좌수련을 따로 하지는 못하였습니다. 마음공부 또한 『선도체험기』, 증산도 도전, 환단고기 등을 조금씩 읽고는 있으나 많은 시간을 할애하지 못하였습니다.

사정이 이러하니 누구를 탓하겠습니까? 게으른 저를 탓할 수밖에 요. 평일에는 사무실에 출근하여 그때그때 급한 일들을 처리하고 밤에 퇴근하여 잠만 자고 출근하고 주말에는 가족들과 함께 보내다 보면 시간이 너무나 빨리 지나감을 느끼게 됩니다. 바쁘게 돌아가면서도 바쁜 나를 관조할 수 있는 여유가 있어야 할 터인데 그러한 면이 부족한 것 같습니다.

한 달 전쯤에는 전라도 목포에 출장 갈 일이 있어 업무를 보고 난 후 나주에 있는 시골집에 가기 전에 해물탕꺼리를 사러 목포항 근처 어시장에 들렀습니다. 어머니가 산낙지를 무척 좋아하시거든요. 부둣가에 주차하고 수산시장에서 세발낙지, 꽃게 등 해물탕꺼리를 달라 하고 계산을 하려고 호주머니를 뒤져보니 지갑이 사라지고 없는 거예요. 깜짝 놀라 '차에 두고 왔나?' 생각이 들어 차에 가서 찾아보아도 없어서 엄청 당황했습니다. '지갑을 잃어버렸구나!' 생각이 들어 허탈감에 한참을 자동차에서 앉아 있다가 무심코 차창밖을 살펴보니 차에서 5미터쯤 떨어진 곳에 까만 물체가 나무데크 위에 놓여져 있는 것을 발견하였습니다. 쏟아지는 비를 그대로 맞다 보니 가죽이 퉁퉁 불어있더군요. 장대비 속에 우산을 받쳐들고 수산시장 근처에서 이리저리 정신없이 뛰어다니다가 지갑이 바닥에 떨어지는 소리도 듣지 못한 것입니다. 어이가 없어 실웃음이 나오더군요.

누가 그 모습을 보았다면 '정신을 어디다 두었길래......'하는 얘기를 들었을 법도 합니다. 어시장 아주머니는 지갑을 다시 찾은 얘기를 듣더니 웃으며 '(주인이) 찾기 전에 내가 먼저 주워가는 건데 아쉽네!' 하고 말하더군요. 이번에는 쓴 웃음이 나왔습니다. 무엇에 쫓기듯이 생각하고 행동하다 보니 평상시 여유가 없는 게 아닐까 하는 생각이 들었습니다. 평소에 여유를 가지고 나 자신을 관찰하는 습관을 들여야 할 것 같습니다.

스승님! 제 마음 한 켠에는 '매주 찾아뵙지는 못하더라도 메일이라도 자주 드려야 하는데……'하는 생각이 늘 자리하고 있었습니다. 기 수련 측면에서 조금이라도 향상된 게 있다면 신이 나서 말씀을 드릴 것 같은데, 단전에 정신을 집중해야만 열기를 느끼는 수준에서 계속 맴돌고 있는 것 같아 부끄러운 생각을 감출 수가 없습니다.

생각해 보면 다 자업자득으로, 제가 시간과 노력을 들여 정성을 쏟은 만큼 얻어가는 것임을 다시금 되새기게 됩니다. 현재 『선도체험기』 13권째 다시 보고 있는데, 1권~12권까지 여러 차례 선생님께서 수련 요령에 대해 강조하신 것처럼 날마다 도인체조를 하고 『천부경』 10번, 『삼일신고』 1번 암송하고 『참전계경』 10개조를 읽은 다음 '한'을 10번, '한기운, 한마음, 한누리'를 10번, 『대각경』을 10번 암송하고 나서 단전호흡을 해 보려고 합니다. 아무래도 저녁보다는 가족들이 잠들어 있는 새벽시간을 이용해서 실행에 옮기려고 합니다.

지금까지 생활행공이란 핑계를 대고 별도 가부좌수련을 거의 하지 않았거든요. 마치 고시 공부하는 수험생이 시험 합격에 꼭 필요한 '절대적 공부량'도 채우지 않고서 합격하기를 바라는 것처럼 노력도 없이 결과물만 하늘에서 뚝 떨어지기를 원했던 것 같습니다.

제 자신이 기 수련에 있어서 어느 정도 운이나 요행을 바라고 있있던 것은 아닐까 하는 생각도 듭니다. 전생에 도를 닦은 공덕도 있을 테고 스승님을 찾아뵙고 직접 지도를 받고 생식도 하고 있으니 '어떻게 잘 되겠지' 하는 안이한 마음이 생겼던 것 같습니다. 그러고 보면, 전생에 도를 닦았다고 하나 그리 열심히 하지는 않은 것 같습니다.^^;! 제 성명이 한자로 서광렬(徐光烈)입니다. 제 아버님이 한자옥편을 보고 지어주셨다고 하는데 보면 볼수록 애착이 가는 이름입니다. 스승님 '비록 천천히 타오를지언정, 영원히 꺼지지 않는 불꽃'이 되도록 노력하겠습니다.

이번 주 토요일(11.19)에 스승님 댁에 생식구입차 방문할 예정이었으나 아내가 딸아이 생일을 맞아 가족끼리 용인 에버랜드에 가자고 하여 뵙기가 어려울 것 같습니다. 죄송합니다만, 생식 표준 4봉지를 택배로 보내주셨으면 합니다. 관리카드에 쓰여진 파주 주소지로 보내주시면 됩니다. 은행명, 계좌번호와 택배비를 포함한 총 가격을 알려주시면 바로 입금하고 다시 메일 올릴까 합니다.

감사합니다. 스승님!

단기 4349년 11월 14일
파주에서 서광렬 올림

【회답】

수련을 지금처럼 막연하게 일상에 이끌려가듯 하지 말고 일상 생활을 관리하면서도 수련을 단계와 범위를 설정하여 계획을 세워서 해 나가기 바랍니다. 가령 소주천, 대주천, 연정화기, 삼합진공 등으로 말입니다. 그렇게 하다가 문제가 생기면 나와 상의하는 방식이 좋겠습니다.

주먹구구식으로

스승님이 말씀하신 대로 제가 수련에 대하여 막연히 '꾸준히 하다 보면 되겠지'라고 생각하고 그냥 일상생활에서 짬이 나는 대로 주먹구구식으로 해 왔던 것 같습니다. 그러다 보니 주도적인 수련이 되지 않고 일상생활에 끌려 다니게 되었던 것이죠. 바빠 생활하다 시간이 없다던가 상황이 여의치 않으면 수련을 건너뛰기도 하고 약식으로 건성건성 하기도 했었구요. 예를 들어 등산을 6시간 정도 주말에 해야 하는데 시간도 많이 걸리고 아침에 빨리 일어나야 하니 집에서 가깝고 나지막한 산에 1~2시간 다녀오는 것으로 대체하기도 했습니다. 하기 싫은데 어쩔 수 없이 해야 하는 숙제처럼 성의 없이 후다닥 해치워버리는 식으로 말이죠. 이렇게 하니 정성이 들어갈 리 만무하겠죠.

스승님이 제안하신 대로 수련의 단계와 범위를 설정하여 진행해 볼까 합니다. 삼공 공부 중 현재 제 자신에게 가장 시급하고 중요한 것이 기공부라고 판단됩니다. 저는 현재까지 단전에 열기를 느끼는 초급단계에 머무르고 있는데 올해 연말까지는 축기에 정성을 쏟고 내년 상반기까지는 소주천 달성, 내년 하반기까지는 대주천을 수련 목표로 세우고 노력하도록 하겠습니다.

생식 값은 오늘 오후에 알려주신 계좌로 송금하였습니다. 생식을

4개월 남짓 해본 결과 맛은 별로 없지만 뱃살을 빼는 데는 그만인 것 같습니다. 생식을 하기 전에는 62kg에 허리가 32인치로 몸무게에 비해 뱃살이 제법 있었는데 생식을 4개월 하고 났더니 57kg에 허리가 28인치가 되었습니다.

28인치는 제가 총각일 때 허리둘레인데 예전에 입던 바지를 다시 입을 수 있게 되었습니다. 생식 전후를 비교해 보면 다른 데는 별 차이가 없는 것 같은데 뱃살만 유독 빠진 것이 특이합니다. 생식을 하면서 뱃속에 있던 숙변들이 배출되었기 때문이 아닐까 생각합니다. 또한 뱃가죽을 엄지와 검지로 집게처럼 잡아보아도 2cm 이내로 잡혀질 정도로 뱃가죽에 붙어 있던 지방들이 많이 빠져나간 것을 알수가 있습니다. 전에는 5cm가 넘었거든요.

요새 여자들 다이어트 한다고 굶고 운동하는 사람 부지기수인데, 생식하고 매일 1시간씩 걷기만 해도 효과만점일 것 같은데요. 더군다나 숙변을 배출시켜 주는 효과가 있어 허리가 잘록해지니 살도 빼고 각선미도 살리고 일거양득 아닐까 싶습니다. 주위 사람들 중 살빼려고 죽자사자 매달리는 사람이 있으면 조심스럽게 오행생식을 권해 보려고 합니다.

저는 직장이나 가정에서 무슨 일을 할 때 먼저 어떻게 처리할지 계획을 세우고 나서 실행에 옮기는 편인데, 수련에 대하여도 계획을 세워 착착 진행해 볼 생각을 왜 진작 못하였는지 제 자신도 의아스럽습니다. 스승님 말씀대로 단계를 정해 시간계획을 세워두면 수련을 함에 있어서 적극성을 가지고 임하게 되지 않을까 생각됩니다.

말씀 감사 드리며, 기공부를 진행하다가 궁금한 사항이 발생하면 즉시 스승님께 메일로 문의하도록 하겠습니다. 감사합니다.

단기 4349년 11월 15일
파주에서 서광렬 올림

【회답】

소주천, 대주천, 삼합진공, 연정화기, 접이불루 등등 세부진행 계획들 세워서 집요하게 실행해 나가면 반드시 효과가 있을 것입니다. 과연 얼마나 열심히 하나 지켜볼 것입니다.

블로그와 접신령

삼공 선생님 안녕하십니까? 적림(赤林)입니다. 우선 지난 번 보내 주신 생식은 잘 먹었습니다. 항상 감사드립니다.

오늘은 수련 중에 의문이 나는 것이 있어 메일 드립니다. 사실은 제가 나름 진리파지를 위해 인터넷에서 작은 선도수련 블로그를 운영하고 있습니다. 『선도체험기』와 삼공선도를 알리고 있다 보니 과거에 삼공재에 다니셨던 분들도 오고 있고 선도에 관심이 있는 분들도 방문하여 함께 도담도 나누고 수련도 하고 있습니다.

그런데 얼마 전부터 한 방문객이 왔는데 아무래도 저의 느낌상 이 분은 접신이 된 것으로 보이고 접신령이 30대 가량의 남자로 느껴집니다.

문제는 이 분이 정상일 때에는 너무나 똑똑하고 말을 잘 하는 터라 간혹 제가 잘못 본 것인지 당황스러울 때가 있습니다.

본인은 접신령을 완강하게 부정하고 있습니다. 이 분의 글을 읽거나 대화하다가 보면 강력한 접신령의 남자 기운이 느껴집니다.

몸의 지병도 심한 것으로 보이는데 전생에 막강한 권력으로 수많은 살생업을 쌓은 것으로 보입니다.

이 분이 저의 블로그에 처음 온 날 한 무리의 잡신령들을 달고 와서 일주일 정도 고생했습니다. 이런 느낌들이 제가 잘못 파장을 읽은 것인지? 또 만약에 저의 기감이 맞다면 블로그에서 대화하는 것만으로도 제가 이 분의 접신령을 천도시킬 수 있는지 궁금합니다.

이렇게 작은 블로그 하나 운영하며 방문객들과 소통하는 것조차 힘이 드는데 선생님은 어떻게 그리 오랜 기간 동안 직접 삼공재에서 수련생들을 길러 내시는지 새삼 존경심이 듭니다. 조만간 꼭 찾아뵙도록 하겠습니다. 늘 건강하시고 평안하시기 바랍니다.

2016년 11월 21일

김대봉 올림

【회답】

고도로 수행이 된 구도자라면 블로그 대화에서도 빙의령을 천도할 수 있습니다.

빙의령에 대하여

선생님 그동안 안녕하셨습니까? 사모님께서도 안녕하신지요?

시간이 흘러 이제야 이렇게 이메일로 소식 전해드립니다.

저는 경남 김해시에 사는 올해 42세 된 남자 이원호라고 합니다.

저는 젊은 시절부터 건강이 좋지 않아 우연히 단전호흡 책을 읽게 되면서 기에 관심을 가지게 되고 선생님 책 『한단고기』, 『단군』, 『선도체험기』 1~90권 가량 읽다가 지금은 또다시 111, 112권 먼저 읽고 있습니다.

1999년 7월경 선생님 댁에 한번 방문한 적도 있습니다. 시간이 엊그제 같은데 벌써 17년이란 세월이 흘렀습니다. 그때 계속 수련에 정진했어야 되는데 후회가 밀려옵니다.

마음도 몸도 심한 빙의령에 휘둘리고 몸공부도 제대로 하지 않아 최근 간 쪽에 통증을 느껴 병원에 CT사진을 찍으니 B형 간염이 진행되어 간경화 초기라는 결과가 나왔습니다. 정말 하늘이 무너지더군요.

그리고 연이어 불행이 절 찾아 왔습니다. 아버지는 폐에 어머니는 심장에 이상이 있었지만 지금은 많이 회복이 되었습니다. 그리고 7년 동안의 결혼 생활과 이혼으로 많이 힘들었습니다.

8살 된 딸아이를 제가 키우고 있습니다. 갑자기 찾아온 불행들은 물론 저의 인과응보와 업보겠지요. 제 힘으론 감당하기가 어려워 집터 전문 감정도 받았습니다. 이 감정원은 다른 감정원과 다르게 빙의령으로 감정이 들어가더군요. 기 수련 쪽으론 부정적이셨지만 마음이 많이 열려 있으신 분이었습니다.

아버지, 어머니, 제가 심하게 빙의되어 있어 천도시키고 잡귀들이 못 들어오게 백회 쪽에 문을 닫는다는 표현을 쓰시고는 제 생각에는 일종의 벽사문 형식의 의식을 진행하였습니다.

간단한 제사를 올리고 그분이 저의 시조 조상님께 도움을 요청하고 고급령, 산신, 터신, 용왕님, 여러 신명님들께 도움을 요청하는 방식이었습니다. 끝에는 시조 조상과 동체 의사를 물어보셔서 하겠다 하였습니다.

접신되는 거는 아니라고 말씀하셨습니다. 일종의 보호령으로 저는 생각됩니다.

저의 기수련은 작게나마 온몸이 달아오르고 백회로 시원한 기운이 들어오기를 반복하다가 더 이상 진전이 없었습니다. 그러다가 우연히 적림선도님의 블로그를 읽게 되면서 하단전 중단전 백회를 관통하는 삼합진공을 체험하게 되었습니다.

그리고 연이어 연정화기가 자동으로 진행되었습니다. 연정화기가 시작되니 성욕이 많이 줄어들었습니다.

더 이상 저는 잃을 것이 없습니다. 지금은 오행생식, 등산, 체조를 꾸준히 하고 앞으로도 수련에 용맹정진 하겠습니다.

선생님께서 선도 체험기에 누누이 강조하셨던 모든 일을 내 탓으로 돌리라는 말씀 이제야 깨닫고 살아가고 있습니다.

현상계는 한낱 물거품이고 비어있는 공이겠지요!

삼성동으로 이사를 하셨다고 들었습니다. 주소는 전화상으로 사모
님께 여쭤 보겠습니다. 그럼 안녕히 계십시오.

이 못난 제자를 용서 하시고 몸을 추스르고 곧 찾아뵙기를 간절히
바라옵니다.

2016년 11월 28일
이원호 올림

【회답】

『선도체험기』 8, 9, 10권에 나오는 오행생식 강의록을 꼭 좀 읽어
주기 바랍니다. 이 강의록에 대한 확신만 있다면 간염 정도는 어렵
지 않게 나을 수 있습니다. 오행생식으로 여러 사람을 고친 경험이
있으므로 자신 있게 말할 수 있습니다. 문제는 확신을 갖고 실천하
느냐에 달려 있습니다.

예지몽(豫知夢)

선생님께

사모님 건강은 여전하신지요.

한국 TV를 보다 신비한 TV 서프라이즈 742편에 브라질 예언가 쥬세리노(Jucelino)라는 사람이 2043년에 전세계 인류 중 80%가 사라지는 대재앙이 발생한다고 합니다. 이 사람은 예지몽을 통해서 일어날 일을 아는데 1989년에 당시 미국 대통령이던 부시에게 편지를 보내서 2001년 9월 11일에 세계무역센터 건물 붕괴사고로 수많은 사상자 발생 예고, 중국 스촨성 지진예고, 도날드 트럼프 당선예고, 2004년 인도네시아에서 발생한 지진 해일로 수많은 사상자가 발생할 것을 1997년 8월 20일에 당시 인도 수상에게 편지를 보내는 등 많은 예언을 했습니다.

그는 주로 미리 당사자나 기관장에게 편지를 보내어 그 사실을 통보합니다. 언론에서는 90%의 적중률을 보인답니다.

제가 보기에 이 모든 일들이 앞으로 있을 큰 재앙을 조금이라도 최소화 하고 또 그것을 알리려는 신의 섭리가 아닌가 하는 생각이 듭니다. 어쨌든 도전의 예언과 가장 가까운 것 같습니다.

2016년 12월 5일 미국에서 이도원 올림.

【회답】

2043년 예언이 아무래도 적중한 게 아닌가 하는 느낌이 듭니다. 불과 27년 후의 일인데 아무래도 그때쯤 지축정립(地軸正立)이 일어나는 때와 일치할 것 같은 예감이 듭니다.

출산율 문제

김태영 선생님, 안녕하십니까?

지난 10일 토요일 삼공재로 찾아뵈었던 무역회사 근무하는 38세 이창선입니다.

그날 우리나라 출산율이 낮아서 걱정이라고 하시며 가능하면 가임기에 결혼을 해서 아이를 낳는 것이 좋다고 말씀하셨습니다.

잘 아시다시피 2016년 우리나라 1인가구 비율은 전체가구의 27.5%로 4가구 중에 1가구가 1인가구로 해마다 늘어나는 추세이며 우리나라 여성 1명당 출산율은 1.21명으로 세계 최저 수준입니다.

지금과 같은 저출산이 계속 이어진다면 "앞으로 지구상에서 가장 먼저 사라질 나라는 대한민국"이라고 영국 옥스퍼드 인구문제연구소에서 지적한 바 있을 정도로 향후 국가와 민족의 존립을 위협하는 위기로 이어질 수 있는 심각한 문제라는 것은 널리 알려져 있습니다.

제가 궁금한 것은 선도수련을 하는 구도자로서 결혼을 꼭 해야 하는 것인지 여쭤 보고자 합니다.

다시 말씀 드리자면 결혼을 목표로 적극적인 노력을 해야 하는 것인지 아니면 수행과 구도, 자기계발에 많은 시간을 할애할 수 있는 독신을 유지하며 결혼은 운명에 맡겨야 하는 것인지 판단이 서지 않습니다.

얼마 전 많은 이직 끝에 어렵사리 입사한 현재 직장도 오래 다니기 어려울 것 같고 그밖에 신변의 많은 일들이 순조롭지 않아 지난 달 우리나라 사주명리 분야에서 아주 유명한 부산의 A철학관을 찾은 적이 있습니다.

제가 특별히 묻지도 않았는데 결혼에 대해 철학관 원장이 저에게 해준 말은 이러했습니다.

"39~41세 사이에 결혼을 하는 것이 가장 좋다"며 "다음 기회는 46~47세이나 그때는 나이가 많아 출산과 육아에 어려움을 겪을 수 있다"고 했습니다.

또 "팔자에 금(金)의 기운이 숨어있어 성혼에 대한 적극성 발휘가 다소 부족할 수 있다"며 "조상님과 부모님의 희생과 헌신이 있어 오늘의 자신이 존재하는 것이니 마땅히 혼인을 해서 자식을 낳아 기르는 것이 그분들의 은혜에 보답하는 길이다"라고 했습니다.

그리고 "결혼을 통해서 개인의 성공과 발전, 집안의 번영을 이룰 수 있는 사주이므로 만약 혼인을 하지 않으면 큰 발전을 이루기 어려울 것"이라고 했습니다.

이 말에 심적으로 동의를 하기는 합니다.

다만 제가 지금 처해있는 여러 가지 현실적인 제약(취업난, 고용 불안, 낮은 수입, 내 집 마련의 어려움 등)으로 결혼에 적극적으로 나서지 못하고 있는 것이 가장 큰 원인일 것입니다.

또 결혼 출산 육아에 따를 것으로 예상되는 많은 경제적 심리적

시간적 체력적 부담과 압박으로 골치 아프고 피곤하게 사느니 그냥 홀로 편하게 지내고 싶다는 다소 이기적인 마음이 강하게 작용하기 때문이기도 할 것입니다.

요즘에는 40세를 훌쩍 넘기고도 마땅한 결혼 상대를 만나지 못해 힘들어 하는 사람을 주변에서 쉽게 찾아볼 수 있고 아예 결혼을 포기하고 직장 외에는 취미생활에 전념하며 독신으로 살아가는 사람도 있습니다. 심지어 결혼을 하고도 상호 합의하에 아이를 갖지 않는 부부도 있습니다.

연애, 결혼, 출산을 포기한 세대라는 의미의 "3포 세대"가 진화해 이제는 내 집 마련과 인간관계마저 포기했다는 "5포 세대"라는 말도 등장했습니다.

부모님 세대는 심신에 특별한 장애가 없으면 잘났든 못났든 나이가 차면 누구나 결혼하는 것을 당연시했고 지하 단칸방에서 어렵게 살아도 같이 열심히 노력해 나중에 잘살면 된다고 생각했습니다. 이에 경제적으로 아무리 어려워도 많은 아이를 낳아 길렀습니다.

그러나 지금은 결혼 적령기 여성들이 둘이 같이 노력해서 잘 살아보자가 아닌 경제적으로 이미 갖춰진 상대와의 결혼을 선호하는 추세입니다. 또 눈높이가 턱없이 높아 상대에게 너무 많은 것을 요구해 결혼을 어렵게 만들고 있습니다.

요즘은 여성상위시대로 결혼할 때는 남자가 비용을 8:2로 부담하고 이혼을 할 때는 재산을 5:5로 나눠 여성들이 결혼을 재테크의 기회로 삼는다는 우스갯소리도 있을 정도입니다.

　이렇게 결혼 출산 육아가 어려운 시대에 선도수련을 하는 구도자로서 결혼을 어떻게 바라봐야 할까요?

　결혼을 하기 위해서 의식적으로 열심히 노력을 하는 것이 맞을까요? 아니면 그냥 본인의 맡은 바 일에 충실하면서 때가 되면 만날 것이요 아니면 어쩔 수 없다고 생각하며 다소 여유로운 마음을 가지고 살아가는 것이 맞는지 선생님의 고견을 듣고 싶습니다. 감사합니다.

2016년 12월 12일
이창선 드림

【회답】

　나는 결혼 문제를 매스컴 보도를 듣고 걱정이 되어 무심코 언급했을 뿐인데 이제 보니 이창선 씨는 너무나도 심각하게 받아들인 것 같습니다. 결혼 문제에는 부디 이창선 씨가 처한 환경과 여건에 따라 무리 없게 처신하시기 바랄 뿐입니다.

　도전, 격암유록과 같은 각종 예언서를 보면 곧 다가올 지축정립과 천지개벽으로 지구는 지금과는 차원이 다른 세상이 된다고 합니다.

　새 세상은 모든 사람들이 상부상조하는 무릉도원이 되어 결혼하지 않고도 아이를 가질 수 있어서 인구 걱정은 안 해도 되는 세상이 열린다고 합니다.

삼공재 방문 요청

안녕하세요? 삼공선생님 김우진입니다

제 블로그에 자주 방문하시는 양창현이라는 이웃님이 있는데 아래와 같이 선도수련을 하고자 삼공재 방문을 원하고 있습니다. 이미 여러 번 이메일을 보냈으나 답변이 없어서 이렇게 저에게 부탁하여 대신 이메일 드립니다.

삼공재 방문 전에 개인적으로 아래의 8가지 항목을 문의하여 보았습니다.

8가지 항목을 모두 지킬 각오가 되어 있는 상태이며 2017년 1월부터 한 달에 2번씩 삼공재에 방문하고 싶다고 합니다.

1. 『선도체험기』를 30권 이상 읽었는지?
2. 보이지 않는 영혼들과 한바탕 싸울 준비가 되었는지?
3. 오행생식을 하루 2끼 이상 먹을 각오가 되어 있는지?
4. 일주일에 한번 5~6시간씩 등산을 할 각오가 되었는지?
5. 일일운동이나 계단 오르기를 실천할 준비가 되었는지?
6. 단전호흡을 해본 적이 있고 기운을 느끼는지?
7. 매일 30분 이상 좌선수련과 20분 이상 도인체조를 할 수 있는지?

8. 몇 년 동안이나 아무런 변화가 없어도 끝까지 지속할 인내력이 있는지?

수련시간은 오후 3시부터 4시 30분으로 알고 있고 방문을 허락하시고 삼공재 주소와 연락처를 알려 주신다면 전달하여 드리겠습니다.

추운 겨울 늘 건강하시고 평안하시기 바랍니다.

좋은 하루 되세요.

저는 33살 남자로 이름은 양창현이라고 합니다. ^^

지난 십 수년간 나 같은 게 무슨 선도 수행인가라고 자학해 왔습니다. 이제는 자학을 멈추려 합니다. 그러므로 답해 드립니다. 8가지를 지킬 각오를 십 년 넘게 품어왔습니다. ^^

비록 삼공 선생님께서 내치신다 해도 선도수행을 해나갈 것입니다.

- 아래 삼공 선생님께 보낸 메일 전문을 같이 보여드리는 것이 예의일 것 같아 올립니다. ^^

안녕하십니까.

선생님 ^^

제 이름은 양창현이라 하옵고 현재 울진에 근무하고 있는 33살

국가직 말단공무원입니다.

늦은 시간 메일을 보낸 이유는 다름이 아니라 2017년 1월달에 제가 방문을 할 수 있는지 여쭙고자 이렇게 메일을 보내게 되었습니다. ^^

저는 10대 시절에 유도를 하다가 허리를 다쳐 척추 수술을 했습니다.

20대까지 허리가 약해 고생하다가 기수련이라도 해보자는 심정으로 모 선원에서 수련했습니다. 놀랍게도 허리가 조금은 강화된 느낌이 들었습니다.

신기한 기적 효과를 체험하니 그 원리를 알고 싶어졌습니다. 그래서 선도서적을 찾다가 선생님의 체험기를 알게 되어 중고서점에서 70권을 사서 읽었습니다.

그런대 문제는 『선도체험기』를 읽고 나니 모 선원이 곱게 보이지 않았습니다. 이런 저런 의문을 이야기했더니 쫓겨나듯이 그만두게 되었습니다.

사실 당시에도 선생님을 방문하고 싶었지만 지방에 사는 수험생 신분으로는 『선도체험기』가 제시하는 기본 요건도 갖추기 못했기에 마음을 접었습니다.

『선도체험기』도 모셔만 두는 신세가 되었습니다. 30살이 되어 공무원 시험에 합격하였습니다.

직장에 불만은 없지만, 제 마음 속에는 이 세상은 뭔가 내가 모르는 진실이 있다는 생각이 있었습니다.

33살이 되어 앞으로 무엇을 해야 할까 뭐를 하고 살아야 할까 생각도 많이 하고 책도 제법 읽었습니다.

그랬더니 결국 또 다시 『선도체험기』로 마음이 다가가 갔습니다. 예전에 산 70권에서 최근에 나온 112권에서 역순으로 나머지 권들을 구입해서 읽고 있습니다.

저는 175cm에 90kg으로 상당히 비만입니다. 그래서 하루에 한끼만 먹고 단전호흡과 소마틱스를 하고 있습니다.

지속적으로 체중을 줄여나가고자 선생님께 오행생식 처방을 받아 오직 생식으로만 살아갈 각오도 하고 있습니다.

제가 모르는 세계의 실상을 몸으로 느끼고 싶습니다. 왜 제가 생을 살고 있는지, 무슨 목적으로 삶을 지속하고 있는지 알고 싶습니다.

왜 이렇게 외로운지, 외로움을 찾아가는지 알고 싶습니다. 부디 선생님께서 1월달 방문을 허락해 주신다면 월2회 방문을 목표로 정진해 나가겠습니다.

늦은 밤 메일을 드려 죄송합니다. ㅜ.ㅜ

『선도체험기』를 읽을 때마다 마음은 착 가라앉고 선생님을 뵙고 싶다는 마음이 계속 듭니다.

부디 허락해 주시기를 바랍니다.

두서없이 적어 죄송합니다. 읽어주셔서 감사합니다. 선생님 ^^

【회답】

양창현씨에게

『선도체험기』는 순서대로 읽어야 공부가 됩니다. 역순으로 읽는 일이 없기 바랍니다. 삼공재에서 공부하려면 첫째 『선도체험기』를 읽어야 하고 둘째 반드시 담배를 끊어야 하고 셋째 기운을 느껴야 하고 넷째 오행생식을 해야 합니다. 처음 방문시에는 생식값 30만원을 현금으로 꼭 준비하고 전화로 예약을 해야 합니다.

사는 게 힘들다는 핑계로

안녕하십니까? 스승님 저는 수 차례에 걸쳐서 찾아뵙고 발길을 끊고를 반복했던 어리석은 제자 정영범입니다. 사는 게 힘들다는 핑계로 스승님께 많은 도움을 받았음에도 불구하고 삼공재에서 수련을 지도받을 수 있는 천재일우의 기회를 발로 차버리고 사람들 속에서 보통 사람으로 퇴화하고 있었습니다.

경제적 문제, 주변의 어려움 등 많은 문제가 있었지만, 다행히『선도체험기』는 신간이 나올 때마다 꾸준히 읽어 왔습니다. 단전호흡에 대한 생각은 계속하고 있었으며, 금년 초부터는 따로 일정 시간을 내어 호흡을 실천하고 있습니다.

근래에는 가슴 부위부터 목 부분의 답답함을 스스로 빙의라고 느끼고 있으며 보통의 경우는 빙의령 여부와 상관없이 단전의 따뜻함은 계속되고 있습니다.

강한 원령의 경우 간혹 차가울 때도 있고, 일주일 이상 갑갑함이 지속될 때도 있지만 어떻게 하든지 열감을 찾으려 노력하고 있습니다.

용천이나 노궁 또는 임맥 독맥으로의 기감은 뚜렷하지는 않지만 단전 주위로 따뜻한 열감이 가득하고 생식이나 따뜻한 음식을 먹을 때는 확실히 기운이 쌓이는 것을 느낄 수 있습니다.

가끔, 백회가 찌릿한 느낌도 있지만 계속 지속되지는 않습니다.

올해 4월 중순경에 김또순 원장님 생식원에서 토, 금, 생, 육기 4통을 구입해 왔습니다. 그 생식을 아직도 먹고 있습니다.

몸 공부는 방석 숙제는 거의 매일 5분 정도씩 하고 있습니다. 따로 시간을 내어 걷기를 하지는 않지만, 평상시 하루에 7000걸음 이상을 걸으려고 노력하고 있습니다.

계단도 가능하면 오르려고 하고 있고, 평일에는 누적 60층을 목표로 오르고 있습니다. 주말에는 등산을 하는데 조금 짧은 것 같다 할 경우는 그 다음주에 시간을 조금 더 늘리고 있습니다.

암벽을 타지는 않고, 약간 경사가 있는 암릉을 포함하여 등산 스틱을 이용 상체 운동을 병행하거나, 등산 시간을 늘릴 때는 산들을 연결하여 종주를 하고 있습니다.

마음공부는 가족 간의 화목에 집중하고 있으며, 주변 사람들과의 관계에서 화를 내지 않으려고 노력하고 있습니다. 근래에는 딸아이가 사춘기에 접어들어 갈등이 많이 생기고 있는 문제와 일을 하고 돈을 못 받는 문제가 있는데 이 두 개의 문제가 근래에 가장 큰 화두 중 하나입니다.

부족한 부분은 경제적 자립을 이루지 못한 것 생식을 꾸준히 먹지 못하는 것과 명상 시간을 따로 오래가지지 못하는 것 운동이 부족한 것 사람들과의 사이에 갈등이 있거나 해소하지 못하는 것 삼공재를 지척에 두고도 방문하지 않는 것 등입니다.

많은 갈등과 방황을 하고 있지만 다행히 블로그와 밴드에서 여러 선배님들의 말씀과 조언을 참조하여 그럭저럭 버티고 있습니다. 다시 명상 자리에 들겠다고 생각하고 근근이 호흡의 끈을 놓지 않고 지낸 지 일 년이 지날 무렵 갑자기 '인연이 궁금하다'라는 화두가 떠올랐습니다.

명상의 깊이가 깊지 못하니 당연히 열심히 수련에 매진해야 할 것이라고 생각했습니다.

가장 좋은 방법은 삼공재에서 생식 처방을 받고 발전소에 전깃줄을 연결하는 것이라고 생각합니다.

요즘 삼공재에 가시는 분들은 동창회라고도 하시더군요. 많은 갈등이 있었지만, 작은 노력이나마 조금은 자리도 잡혀가는 듯하니 다시 열심히 수련을 하고자 합니다.

어중이떠중이로 중간에 그만두지 않고, 열심히 노력하여 자성을 보고 거울을 닦아가며 살아가고자 합니다. 허락해주신다면 삼공재에 방문하여 생식을 처방 받고자 합니다. 갑자기 메일을 보내드려서 죄송합니다.

스승님의 메일을 열심히 기다리겠습니다. '새로 고침' 열심히 누르고 있겠습니다.

- 제가 '삼공빌딩'에 계실 때까지만 인사를 드려서 그 이후의 주소와 수련 시간 그리고 생식 가격에 대해 잘 모르고 있습니다.

가능하시면 회신 주실 때 같이 알려주시면 감사하겠습니다.

2016년 12월 27일
정영범 올림

【회답】

자신에 대하여 나름대로 많은 관을 해 오셨군요. 자신의 약점이 무엇이라는 것도 명확하게 파악했습니다. 이제 남은 것은 오직 그 약점들을 제거하는 일을 실천하는 것뿐입니다. 물론 실천이 관보다 더 어려울 수도 있습니다. 그러나 관으로 자신의 약점을 다 알아놓고도 그대로 내버려둔다면 처음부터 시작을 하지 않는 것이 좋았을 것입니다. 정영범 씨는 절대로 그렇게 어리석은 사람이 아니라는 것을 잘 알고 있습니다. 끝까지 지켜볼 것입니다.

17년 만의 인사

삼공재을 향해 삼배 절을 올리며 새해 인사드리옵니다! 스승님, 사모님 새해에도 건강하시고 복 많이 받으십시오. 저는 지난 24일 토요일 17년 만에 인사 드렸던 김해에 사는 이원호입니다.

스승님께서도 사모님께서도 너무나 반갑게 맞이 해주셔서 감사하고 죄송할 따름이었습니다.

17년전 여름날 기차를 타고 논현동 스승님 댁에 방문 했을 때가 아직도 기억이 생생합니다.

인사 예절법을 몰라 그저 큰절을 드렸더니 "그렇게 하면 안 된다" 하시면서 핀잔을 주셔서 그때 내심 속상해 했습니다.

이번 삼공재 방문 때는 겨울이라 날씨는 추웠지만 마음만은 따뜻했고 뜻 깊었습니다.

스승님께서 17년 만에 방문이라 그저 웃으시면서 이혼과 건강상(B형 간염으로 인한 간경화 초기) 이런저런 말씀을 해주시며 "생식하면 간 쪽은 그저 아무것도 아니니 나을 수 있다" 하시면서 용기을 북돋아 주셨습니다.

명상을 하라 하시면서 30분 후에 맥을 짚어 주셨고 생식 처방도 목 2, 수 1, 상화 1을 처방해 주셨습니다.

다른 생식원에서는 목 2를 잘 처방 안 해주었는데 스승님께서는 다르게 처방하시니 내심 믿음이 갔습니다.

그리고 17년전에는 단전이 달아오르는 정도였는데 지금 몸은 회복이 되지 않았지만 명상시 온몸이 달아오르고 곧 이어 중단전-하단전-상단전이 순으로 달아오르고 백회에서는 시원한 기운이 들어 왔습니다.

물론 몸이 회복되지 않아 강하게는 들어오지 않았습니다. 건강이 악화되기 몇 달 전에는 삼합진공이 이루어지고 연이어 자동적으로 연정화기가 되었습니다.

평상시 대주천까지 수련이 진행되었는데 큰 병이라니?! 제가 몸공부 오행생식, 등산, 달리기, 걷기, 도인체조를 게을리했기 때문이겠지요?

그리고 스승님 이번 삼공재 방문은 특이한 점을 발견했습니다. 물론 스승님, 사모님 너무나 검소하게 생활하시는 모습을 보고 제가 마음이 다 아팠습니다!

또 다른 점은 스승님에게서 온화하고 따뜻한 부처님 기운을 감지했습니다

이런 기운은 처음이었습니다. 저만의 착각일까요? 아! 스승님께서는 이미 부처님 반열에 오르셨구나! 하고 생각이 들었습니다.

스승님 궁금한 점이 몇 가지 있어 여쭈어보려고 합니다. 그저 어리석은 제자의 궁금함이라고 생각해 주십시오.

한달 전 몸이 많이 안 좋아서 스승님께 메일로 제가 몸을 추수리고 12월이나 내년 1월에 찾아뵙겠다고 전하니 스승님께서 하루 이틀

전 전화드리고 방문하라 답장을 주셨습니다. 그 이후로 몸이 빠르게 회복이 되었습니다!

또 다른 궁금증은 제가 건강이 악화되고 아버지께서는 폐에 혹이 발견되고 어머니께서는 심부전증이 발병하고 저의 이혼 등 연이어 집안에 안 좋은 일이 생겨서 용하신 분에게 집터 감정을 받았습니다.

저는 단순히 수맥 정도 감정 받는다고 생각했는데 그분은 빙의령 천도까지 하시는 분이었습니다.

직접 오셔서 집을 보시고 부모님, 저의 몸을 보시고는 모두 다 심하게 집단 빙의되었고 집도 흉가라는 감정이 나왔습니다. 물론 그때는 이것저것 가릴 것도 없었습니다. 100만원 가까운 돈을 드리며 천도재를 진행했습니다. 이 분의 천도재는 좀 달랐습니다.

『선도체험기』를 90권 가까이 읽은 저는 그분과 대화하면서 사이비는 아니구나! 마음이 많이 열리신 분이구나! 생각이 들었습니다. 천도재 하는 날 간단한 제사 음식을 준비하고 제사를 지내며 저의 시조(성주 이씨) 조상님을 불러들여 고하고 자손이 빙의령에 고통받고 있으니 조상님께서 중간 역할을 하여 최고신께 고하고 산신님, 신장님을 불러들여 고하고 빙의령들을 천도시키고 죄질이 나쁜 빙의령은 강제로 잡아가는 그런 진행 방식이었습니다.

빙의령 중에 조상령들도 있었고 죄질이 나쁜 영도 있었고 어쩔 수 없이 들어온 영들도 있다고 하셨습니다. 조상령들은 죽으면 자손(남자)에게 빙의되어서 천도되길 기다린다고 합니다.

4대까지 빙의되고 5대 때는 자동으로 천도된다고 합니다. 그리고 천도재를 지내면 부모님이 돌아가시고 저도 죽으면 시조 조상님이 와서 좋은 곳으로 천도시킨다 했습니다.

또한 조상령들이 4대가 천도되면 제사를 지내지 않아도 된다고 했습니다.

천도재가 진행되면서 부모님과 저 빙의령들을 차례대로 천도시키고 조상령은 본적 주소에 있는 경북 가야산의 산신님 따라 천도되시고 죄 없는 영들은 김해 저희 집 근처 신어산 산신님 따라 천도되고 죄질이 나쁜 영은 신장님에게 강제로 잡혀갔습니다.

그분도 빙의도 업보라는 걸 인정하셨습니다. 그럼 강제로 잡아가면 안되지 않냐? 여쭤보니 자기를 만난 것도 천도되는 것도 다 때가 되어서 그렇다고 하셨습니다.

그리고 빙의령이 다신 못 들어오게 백회를 닫는 행동을 하셨습니다. 그분께서는 닫는다는 표현을 쓰셨습니다. 그리고 신장님도 세워 빙의령을 다신 못 들어오게 막는다 하였습니다.

그리고 특이한 점은 시조 조상님과 저와 동체 의사를 묻고 서로 합의하에 동체 의식을 진행했습니다.

물론 접신은 아니니 걱정 말라고 하셨습니다 이렇게 천도재는 두어 시간 가까이 끝이 났습니다.

제가 궁금한 점 몇 가지입니다.

1. 메일 드리고 난 후 몸이 빠르게 회복 되었는데 스승님 이건 어떠한 작용에 의해서인지요?

2. 왜 조상령들이 남자 자손에게 빙의되고 5대가 빙의되면 자동 천도되는지요?

3. 천도시킨 자손들이 죽으면 조상령들이 와서 천도시키는지요?

4. 조상령들을 천도시키면 제사를 지내지 않아도 되는지요?

5. 그분이 백회를 닫는다는 표현과 벽사문과의 관계 벽사문은 정확히 무엇인지요?

6. 신장님을 세우면 빙의령들이 다신 못 들어 올 수가 있는지요?

7. 시조 조상님과 동체라는 의미는 일종의 보호령인지요? 접신된 건지요?

8. 빙의령들이 산신님을 따라 천도되는지요?

모든 게 궁금하고 어리석은 제자입니다. 깊이 헤아려 주십시오!

어머니께서도 오행생식을 드시고 계시는데 스승님께 처방 받고 싶지만 거리상 멀고 맥도 가까운 생식원에서 짚어봐야 하니 어머니껀 가끔씩 스승님께 주문하겠습니다.

이번에 어머니 생식 주문하고 싶습니다! 계좌번호와 금액을 메일로 보내주시면 바로 송금해 드리겠습니다.

1월달 토요일에 미리 연락드리고 찾아뵙겠습니다.

그동안 안녕히 계십시오.

2016년 12월 31일

경남 김해에서 제자 이원호 올림

【회답】

『선도체험기』를 90권이나 읽은 이원호씨가 천도제를 지내다니 말이 됩니까?

천도재는 집터 감정을 한 사람이 올렸는데 그에 대한 의문이 있으면 천도제 올린 분에게 물어야지 엉뚱한 딴 사람에게 물어보면 뭐라고 대답하겠습니까?『선도체험기』독자답지 못한 일을 했습니다.

토요일이라 생식원에서 직원들이 일찍 퇴근하는 바람에 천상 내년 1월 2일 다시 회답하겠습니다.

정유년 새해에

스승님! 새해 복 많이 받으시고 항상 건강하셔서 수련의 선배로서 제자들에게 많은 가르침을 주시길 바랍니다.

생식을 주문하고자 합니다. 생식이 거의 다 떨어질 때쯤 인사드리게 되네요^^; 입금은 지난번 알려주신 계좌로 이미 하였고 표준 4봉지를 택배로 보내주시면 감사하겠습니다. 두 달치를 한꺼번에 주문할까 하다가 한 달 분씩 주문하면 더 자주 스승님께 안부를 여쭙지 않을까 하는 생각에 일단 4봉지만 부탁드리겠습니다. 생식을 해야 한다는 것 자체가 스승님과 제자들간의 장벽이 될 수도 있지만 어찌 보면 연결고리가 되지 않을까 하는 생각도 해 봅니다. 생식을 해보고 수련에 효과를 본 제자들이 생식 구입차 직접 스승님 댁에 방문도 하고 저처럼 메일로 택배주문을 부탁드리기도 할 테니까요.

이번 주말에 요새 잘나가는 초밥 뷔페 집에 가 보았는데요, 거기가 보면 출입구 앞에 사람들이 줄을 늘어서서 한참을 기다려서 먹을 정도로 찾는 사람들이 정말 많습니다. 제 와이프도 그 뷔페집에 꽂혀서 이번 주말에 저보고 같이 가자고 하여 갔었습니다. 음식의 가짓수가 많고 맛이 있어서 저도 자제를 하지 못하고 과식을 하였습니다. 이성적으로는 '여기서 멈춰야 한다'는 신호가 오는데 그 끌어당기는 맛 때문에 절제가 잘 안 되더라구요. 포식을 하고 나서 후회가 되지만 이미 때는 늦었고 제대로 움직이지도 못하고 꼼짝없이 한동 안 앉아서 소화를 시켜야 했지요. 의자에 가만히 앉아서 주위를 둘 러보니, 사람들이 접시에 음식을 2단, 3단으로 쌓아서 끊임없이 먹고 있었습니다. 사람이 살기 위해 먹는 건지 먹기 위해 사는 건지 헷갈 리더군요. 물론 살기 위해 먹는 것이겠지만, 먹기 위해 사는 것처럼 보이는 것은 왜일까요? 맛있는 음식을 먹으면서 사람들이 미소 지으 며 행복해하는 표정을 액면 그대로 보면 정말이지 먹기 위해 사는 것처럼 보입니다. 정치는 국정농단의 수렁 속에, 경제는 저성장의 늪에 빠져 있는 요즘, 사람들이 사는 즐거움을 맛에서 찾는 것은 아 닐까 하는 생각을 해 봅니다. 요즘 맛집을 소개하는 방송 프로그램 이 유독 많은 이유도 이러한 시청자의 욕구를 반영하는 것이겠지요.

뷔페나 맛집에 비하면 생식은 무미건조하지만 맛이 없는 대신 과 식을 안 하게 되고 양이 얼마 되지 않으니 먹고 나서도 속이 편해서 걷기 등을 해도 전혀 거북하지 않아 좋은 것 같습니다. 삼일신고의 감식촉(感息觸)중 촉에 해당하는 성색취미음저(聲色臭味淫抵)는 제 소견으로는 모두 절제의 덕을 갖추어야 할 항목인 것 같습니다. 모 름지기 수행자라면 소리, 색깔, 냄새, 맛, 성욕, 스킨쉽 모두 극복해 야 할 대상으로 삼아야 하는데...... 어렵습니다. 호화주택에 살면서 고급차를 타고 다니며 화려한 색깔과 디자인으로 치장된 옷을 입고 담배·술을 즐겨하며 맛있는 음식을 마음껏 먹으며 현란한 음악에 탐닉하고 달콤한 성생활을 즐기는 것! 자본주의 사회에서 사는 사람 들은 누구나 꿈꾸는 로망인데, 그 유혹에서 제 자신이 과연 얼마나 자유로울 수 있을지 반성하게 됩니다. 언제쯤 저도 맛있는 음식을 앞에 놓고서 소 닭 보듯 할 수 있을지…… 끊임없이 가다 보면, 쉼 없이 행하다 보면, 몸과 마음이 달라지는 게 있을 것이라 믿습니다.

지난번에 스승님께서 저에게 '일상생활에 끌려 다니지 말고 계획을 세워 수련을 해 보라'고 하신 뒤 제가 시간계획을 세우기를 지난해 연말까지 축기를 충실히 한 다음 올해 상반기까지는 소주천을 달성하고 하반기까지는 대주천을 목표로 노력하겠다는 말씀을 드렸습니다.

거의 매일, 1시간 걷기 또는 달리기 및 도인체조를 실시하고 가부좌한 다음 『천부경』 10번, 『삼일신고』 1번 암송하고, 『참전계경』 10개조를 읽고 『대각경』을 10번 암송한 다음 '한'을 10번, '한기운, 한마음, 한누리'를 10번씩 마음속으로 되뇌인 다음 단전호흡을 하였습니다.

직장 및 가정생활을 하면서도 위 수련은 꼭 하자는 마음가짐으로 실행에 옮겼습니다. 예전에는 직장에서의 업무 때문에 밀려서 수련을 못한 적도 있었지만 지난번 메일 드린 후부터는 수련을 먼저 하고 업무를 보는 식으로 우선순위를 바꾸어서 하고 있습니다. 기공부 측면에서 아직까지 뚜렷한 변화가 감지되지는 않으나 단전에 따뜻한 느낌이 강해진것 같고 몸 곳곳에서 파스를 붙인 듯 화끈거리면서도 시원한 느낌이 오기도 합니다. 제 자신이 아직 축기가 부족한 것으로 판단하고 있으며 우선 축기를 계속 하면서 소추천 달성에 필요한 기초공사를 다지는 생활을 계속해 나가도록 하겠습니다.

직장 인사이동이 이달 1월에 있는데 다시 파주세무서로 옮기게 되어 출퇴근시간이 줄어들어 수련시간을 더 많이 확보할 수 있게 되었습니다. 수련에 일로매진 하겠습니다. 또 연락드리도록 하겠습니다. 감사합니다. 스승님!

4349(2017)년 1월 5일
파주에서 제자 서광렬 올림

【회답】

26년 동안 생식을 해 온 선배로서 말하는데 서광렬 씨는 아직 한참 더 생식을 해야 합니다. 그냥 꾸준히 생식을 실천해나가다 보면 자연적으로 화식이 싫어질 때가 반드시 찾아올 것입니다. 부디 그때까지 생식을 중단하는 일이 없기 바랍니다.

그리고 지금과 같은 열의로 밀고 나간다면 단전에 기방(氣房)이 형성될 것 같습니다. 좋은 소식 기다리겠습니다.

오행생식은 보약

지난번 삼공재 다녀온 뒤 이튿날부터 큰 기운을 느끼게 되었습니다.

너무 큰 기운 보내 주셔서 감사 드립니다.

오행생식은 생식이 아니라 보약이라는 생각이 들었습니다. 아주 잘 먹고 있습니다.

지난 여름(7월~8월) 한 구역의 청소를 맡게 되었습니다. 어쩔 수 없이 차에 치이거나 깔려 죽는 동물의 사체도 만지게 되었습니다.

뱀 서너 마리 고양이 서너 마리 쥐 오소리 목이 잘린 새 등이었습니다. 이들 동물의 영들이 몸 속에 들어오니 운기를 사람 영가들보다 훨씬 강하게 하는 것 같고 기운도 세어지는 것 같습니다. 특히 뱀들은 제 얼굴에 붙어서 시종일관 백회를 틀어막았습니다. 또는 등 위에서 내리 누르거나 위세를 부리는 것 같습니다, 짐승들이라 야행성이어서 그런지 도무지 밤에는 잠을 잘 수가 없습니다.

새벽 5시~6시까지 잠을 잘 수 없으니 하루 종일 비몽사몽 견딜 수가 없을 지경입니다. 벌써 6~7개월째입니다.

수련은 처음에는 조화주 하느님을 암송하다가 삼황천제님을 암송하고 있습니다. 훨씬 강한 기운이 느껴집니다. 하지만 이 짐승의 영들이 하늘의 기운을 빨리 받아서 다른 사람의 영가들을 한쪽으로 몰아내고 특히 오른쪽으로 밀어내고 여기저기 휘젓고 다니는 느낌입니다.

선생님 한번 살펴 봐 주시겠습니까. 선처를 부탁드립니다. 선생님 살아 계심을 진심으로 감사드립니다.

후기) 삼공재에 가려고 마음먹으니 수련 중에 흰색 개 한 마리가 또 들어 왔습니다,

2017년 2월 8일
김명조 올림

[필자의 회답]

구도자는 일단 관을 하기 시작하면 금생을 뜰 때까지 잠시라도 관에서 떨어지면 안 됩니다.

관을 중단하지 않는 한 불면증 같은 것에 시달리지도 않습니다. 내가 보기에 김명조 씨는 지금 관을 잘 하고 있습니다. 다만 관을 도중에 끊는 것이 문제인데 앞으로 다시는 그런 일이 없도록 해야 할 것입니다.

일단 빙의령이 잡히면 천도될 때까지 남의 도움 받지 말고 자기 자신의 힘으로 천도하는 습관을 들여야 합니다. 그렇게 해야 수련이 순조롭게 향상될 것입니다. 지금은 수련이 잘되고 있으니 계속 용맹

정진하기 바랍니다.

제사 지내는 사람은?

존경하는 스승님께

생식을 주문할 때쯤 메일을 드리게 되네요! 자주 연락을 드려야 하는데 죄송합니다. 마음으로는 자주 기별을 해 드려야 하는데 제 손이 게으른 건지 쉽게 실행에 옮기기가 쉽지가 않습니다. 요새 기온이 변동폭이 심해서 영상과 영하를 오르락내리락 하고 있어 컨디션은 어떠신지 걱정이 됩니다. 항상 건강하셔서 후배 양성에 힘써 주셨으면 하는 바램입니다.

전남 나주에 계시는 제 어머니는 허리디스크로 병원에 입원하셨습니다. 척추의 연골에 해당하는 추간판이 제자리에 있지 않고 삐져나와 신경을 건드리는 통에 허리통증과 다리저림 등을 유발한다고 합니다. 젊은 시절 건강하셨지만 가난한 제 아버지에게 시집와서 네 자녀를 부양하느라 농사일, 집안일에 밤낮없이 일하셨고 20년전 아버지가 교통사고로 돌아가신 후에도 농사일을 놓지 않으시고 홀로 배 과수원을 운영하다 보니 몸을 혹사시켰던 것이지요.

자식들이 '늙어서 고생하니 농사를 그만 하시라'고 수없이 말씀드렸지만 '땅이 있는데 어떻게 놀리냐고 하시면서 부득불 하시더니 몸이 고장이 나고서야 배밭을 정리하게 되었습니다.

　문제는 모레가 제 할아버지 제삿날인데 제사를 누가 모시느냐를 두고 논쟁이 벌어졌습니다. 할아버지에게는 세 아들이 있었습니다. 첫째 아들은 젊어서 고향인 나주를 떠나 인천으로, 둘째 아들은 광주광역시로 갔고, 셋째 아들은 선산이 있는 고향을 지키면서 농사를 지었습니다. 첫째 아들은 사망하였고 둘째 아들은 살아있으며 셋째 아들 또한 사망하였습니다. 그동안 할아버지의 제사는 셋째 아들이 계속 모셔오다가 20년전 사망 후 셋째 며느리인 제 어머니가 줄곧 제사를 모셔왔습니다. 이젠 몸이 말을 듣지 않아 병원에 몸져 누워 있는데 할아버지의 둘째 아들인 제 큰아버지는 병원에 문병와서는 '그래도 할아버지 제사날만큼은 퇴원해서 나주집에서 제사상을 차려야 한다'고 했다는 것입니다. 어머니는 그 말씀이 서운했지만 싫다고는 못 하시고 '알겠습니다'라고 했다고 합니다.

　어머니의 자식된 제 입장에서 보면, 당연히 할아버지 제사는 첫째 며느리가 지내거나 둘째 아들인 큰아버지가 지내야 마땅하건만, 큰아버지는 왜 병원에 입원해 있는 제수씨에게 제사상을 준비하라고 하시는 건지 그 이유를 모르겠습니다. 요즘은 뭐 첫째, 둘째 이런거 안따지고 형편되는 사람이 제사를 지내는 가정도 많이 있다고는 하지만, 지금까지 제사를 지내왔다는 이유만으로 이번에도 제사를 지내라고 한다는 것 자체가 너무한 것 아닌가 하는 생각이 듭니다. 더욱이 몸이 불편한 사람보고 제사음식을 준비하라니, 이건 아닌 것 같은데 짜증이 많이 납니다.

　그런 얘기를 어머니에게 하면서 '이번 제사는 지내던지 말던지 저는 모르겠다고 하시지 왜 그러셨어요?'라고 어머니에게 물어보니 어머니 왈, '니 큰아버지가 그렇게 말씀하는데 어떡하냐. 그렇게 해야지' 하십니다. 제 어머니는 그동안 제사를 도맡아 지내온 세월이 억울하셨을 테지만 불편한 기색을 드러내지 않으시고 꾹 참으신 것 같습니다.

제 큰아버지는 본인이 사망할 경우 시신이 들어갈 가묘(빈 석관을 묻고 분봉을 함)까지 이미 선산에 만들어 놓은 상태입니다. 유교적 생활방식에 젖어있는 큰아버지 입장에서는 제사를 지내는 것은 아주 중요한 일임은 불을 보듯 뻔한 일입니다. 제가 큰아버지에게 '이번만은 제 어머니가 몸이 불편하니 제사음식을 업체에 주문해서 상을 차리는 게 어떨까요'하고 말을 꺼냈지만 답을 안하시더라구요.

스승님은 이런 경우 역지사지 방하착하여 상대방의 입장을 고려해 보고 내가 조금 손해 본다고 생각하고 마음이 편한 쪽을 택하면 정답이라고 하셨는데 그게 그리 쉽지는 않은 것 같습니다. 더 나아가 남과 내가 따로 존재하는 것이 아닌데 남과 내가 따로 있다고 생각하고 이해득실을 따지는 것 자체부터가 불행의 시작임은 명백할 것인데..... 머리 속으로는 정답이 나오는데 감정적으로는 수긍이 가질 않습니다. 아직 마음공부가 많이 부족한 것 같습니다. 이 문제를 화두삼아 마음공부를 하도록 하겠습니다.

저는 마음공부도 한참 멀긴 하지만 세가지 공부 중에서 기공부가 제일 부족한 것으로 생각되어 현재는 단전호흡에 중점을 두면서 수련에 임하고 있습니다. 지난달에 파주세무서로 발령받은 후부터는 출퇴근시간이 많이 줄어들어 그 시간을 명상수련에 할애하고 있습니다. 퇴근 후에 집에서 가족들과 함께 저녁(저는 생식을 함)을 먹고 도인체조를 한 후 가부좌하여 『천부경』 등을 암송하고 단전호흡을 하고 있습니다. 아직도 30분 이상 앉아 있으면 다리가 저리기는 하지만 하다 보면 점차 나아질 것으로 생각합니다.

하단전이 따뜻해지면서 가끔씩 간지럽다거나 약간 따끔거리기도 하는데 이것이 '이물감'을 의미하는 것인지요? 단전에 기방을 형성하여 축기를 한 후 소주천을 달성하는 것이 올해 상반기 목표입니다. 그렇다고 하여 너무 목표에 집착하지 않는 마음을 가지는 것도 중요하다고 생각하여 그냥 매일 꾸준히 밥먹듯이(생식하듯이) 하면 달성 가능할 것으로 생각합니다.

지난번 알려주신 계좌로 생식값을 입금하였습니다. 표준 4봉지 발송 부탁드리겠습니다. 추운 겨울을 버티며 봄을 준비하는 목련 꽃봉오리처럼 수련에 매진하여 따뜻한 봄이 오면 스승님을 찾아뵐까 합니다. 감사합니다.

단기 4350년 2월 25일
파주에서 제자 서광렬 올림

【회답】

죄는 짓는 대로 공은 쌓는 대로 따라가게 되어 있습니다. 할아버지 제사는 이유야 어찌 되었든지 선친 때부터 지내오던 것이니 능력이 허하는 한 어머니의 의향대로 따르는 것이 좋겠습니다.

할아버지의 자손이 여럿일 때는 누구든지 먼저 나서는 분이 제사 모시는 것을 조상님들로 흡족해하십니다. 이런 때는 서열보다는 정성이 우선이니까요.

단전 축기는 아직 진행 중입니다. 단전 속에 담배 곽만한 크기의 이물질이 자리잡았다는 확실한 느낌이 들어야 합니다. 계속 정진하기 바랍니다.

생활 속 선도수련 이야기

만물은 끊임없이 변한다. 어느새 아파트 옥상의 매실나무에도 하얀 매화꽃이 함박 미소를 짓는다. 올 겨울은 작년에 비하여 그다지 춥다고 느끼지는 않았으나 그래도 실외에서 일하시는 분들은 동절기에 고생을 많이 하였으리라 생각된다.

생활 속의 선도수련 체험기를 오랜만에 적어본다. 직장에서 퇴근하여 방송대 도서관에서 윤홍식 저자의 "용호비결 강의"라는 책을 보았다. 용호비결의 핵심 내용은 폐기(閉氣) - 태식(胎息)-주천화후(周天火候) 3단계로 설명되어있다. 삼공선도와 비교하면 폐기는 "기의 방"을 만드는 축기 단계이고 태식은 복식호흡, 영적인 호흡으로 선도의 피부호흡, 삼매호흡 단계이고 주천화후는 소주천, 대주천 단계라 할수 있을 것이다. 누구나 꾸준히 수련하면 그 경지로 올라 설수 있을 것이다. 책의 내용 중 불성무물(不誠無物)이 마음에 새겨진다. "도를 이루느냐 못 이루느냐는 각자의 정성에 따라 차이가 난다."

문득 책을 보고 있는데 하단전이 따뜻하게 데워지고 백회로 기운이 쏟아진다. 명상수련의 신호로 받아 들여져서 명상수련을 시작해 본다. 하단전이 임산부 배처럼 마냥 부풀어 오른다. 따스한 기운이 중단전까지 올라온다. 하단전에서 중단전까지 텅 빈 공간처럼 느껴지며 중단전, 하단전이 하나로 연결되며 숨은 쉬는 듯 마는 듯 삼매

호흡이 이루어진다.

중단전에 머물던 기운이 올라간다. 독맥의 대추혈 부근에 머물다 서서히 올라간다. 백회가 압박되고 인당이 벌렁 벌렁거린다. 입안에 가득 옥침이 고여 꿀꺽 꿀꺽 삼킨다. 하단전과 중단전이 하나의 공간으로 느껴진다. 기운이 하, 중단전에서 척추의 대추혈 백회 인당으로 흐르고 다시 입안에 가득 침이 고인다. 옥침을 꿀꺽 삼키며 임맥을 통하여 하단전으로 보낸다. 아하 이게 수승화강이구나! 순간 환희를 느낄 수 있다.

삼공재에서 명상수련하면 사부님의 옥침 삼키는 소리가 꿀꺽 꿀꺽 들리는데 수승화강의 경지에 도달하면 입안에 침이 항상 생긴다. 선도수련으로 수승화강이 잘 이루어지면 백세 인생은 넉넉히 살 수 있을 것이다. 누가 알랴 세계 최고의 장수자인 이청운은 256살까지 살았는데 이 기록을 깰지! 네이버에서 자료를 찾아 공유한다.

"이청운은 1677년에서 1933년까지 무려 256살을 살았다. 그는 스무살 무렵에 깊은 산속으로 약초를 캐러 갔다가 한 선인을 만나서 불로장생의 도를 배웠고 그것을 일생 동안 실천하였던 까닭에 장수할 수 있었다고 한다. 그는 늘 평온한 마음을 유지하고 거북이처럼 앉으며 참새와 같이 움직이고, 개처럼 잠을 자는 것이 장수의 비결이라고 하였다.

그는 또 자신이 장수한 원인 3가지가 있다고 했는데 첫째, 일생 동안 채식을 하는 것이고, 둘째, 마음을 밝고 평온하게 하는 것이며 셋째, 일생동안 연잎, 결명자, 나한과, 구기자, 병풀, 참마 같은 약초를 달여 마시는 것이라고 하였다. 또 그는 사람은 혈통, 요통, 변통의 3통을 유지해야 건강하고 장수할 수 있다고 했는데 이는 혈액과 소변, 대변이 잘 통해야 한다는 뜻이다."

삼공선도에서 배우고 실천하는 오행생식, 산행 또는 달리기 즉 몸 운동, 기운동, 마음 운동을 꾸준히 하면은 장수할 수 있을 것으로 생각된다.

어머님의 무릎 연골이 닳아 한 발자국도 걷기 힘드시다고 하소연하신다. 하루도 미룰 수가 없어 곧바로 입원하여 무릎수술을 하게 되었다. 자식들이 간병하기 편하게 집 부근의 병원에서 하기로 했는데 4주간이나 입원치료를 해야 한다. 그동안 시골에서 농사일에 몸도 많이 망가지신 것 같다. 불행 중 다행인 것은 입원 치료하는 동안 손녀, 며느리, 자식들이 잘 돌보아 주어 간병인 쓰지 않고 입원 치료를 무사히 마치었다.

내가 아파서 병원에 입원해보면 그동안 내가 어떤 인생을 살아왔는지 반성해볼 시간을 얻는 듯하다. 수행인의 입장에서 보면 몸의 고통을 통하여 한 단계 영적인 성장을 할 수 있는 기회가 될 수도 있을 것 같다.

어머님이 수술한 무릎이 아프신지 "아이고 아파라! 아파 죽겠네!" 하고 자꾸 푸념하신다. 어느 날은 진통제를 어떤 날은 참을 만하다 라고 한다. 그래도 "아이고 아파서 나 죽겠네" 하고 평소 말 습관대로 하신다. 그럴 때마다 "아이구 아파라" 대신에 "감사합니다"로 바꿔 말해 보시길 종용해본다. 처음에는 "아픈걸 아프대야지 어찌 너는 자꾸 반대로 말하라 하느냐'고 버럭 짜증을 내비치기도 하며 아들놈 다 소용없다는 눈치시다.

어머니는 6형제 중 둘째 딸이다. 그런데 집안이 명이 짧은지 이들 중 벌써 절반은 유명을 달리하셨다. 젊은 나이에 그리 되고 보니 늘 어머니의 마음 한구석은 쓸쓸한 기운이 남아있다.

나는 짐짓, 그리 말씀하시는 어머니께 먼저 가신 외삼촌과 이모 이야기를 꺼내어봤다. 먼저 가신 형제들은 이미 아픔을 모르시지 않겠냐고! 아프다는 건 생생하게 살아있다는 증거가 아니겠냐고! 아프니까 감사해야 되는 게 맞는 거라고! 열심히 설명을 했더니 그제서야 눈물이 그렁거리며 고개를 끄덕이신다. 아마도 먼저 가신 형제들이 울컥 그리우셨으리라,

그런데 재미있는 건 그 다음에 일어났다. 5인실이다보니 작게 말해도 다 들리기 마련인데 모두들 내 이야기에 귀를 쫑긋 세우고 계셨던가 보다. 할머니 환자분들의 눈이 나를 향해 집중되어 있었다.

효과는 기대 이상이었다. 그때부터 어머니를 비롯해 병실 안 모든 환자분들은 통증이 올 때마다 '아프다'는 말 대신 '감사합니다' 는 말로 끙끙 앓을 때조차 사용한다. 평생의 까르마가 깨지는 역사적인 순간이다. 나도 모르게 '감사합니다' 진심이 배어 나온다.

그러면서 스스로도 웃겼는지 웃기 시작하면 웃음은 금방 전염이 되어 온 병실 안에 웃음이 가득 떠돌아다닌다.

순식간에 병실은 꽃실로 바뀌어 건강한 기운으로 넘실댄다. 기적이 별것인가! 이처럼 단어 하나 바꿔 말했을 뿐인데 마음이 바뀌지

고, 그 마음은 또 통증을 가라앉혔으니 거창한 기적을 멀리서 찾을
필요가 있겠는가 말이다. 그 때부터였는가 싶다. 퇴원하기까지 몇
주일 동안, 내가 등장하기만 하면 그들의 찡그렸던 얼굴은 웃을 준
비부터 하는 것이. 마치 내가 웃음 전도사라도 된 양 의기양양해진
다.

퇴원 마지막 밤에 저녁 9시에 들렸더니 병실에 있는 분들이 모두
주무신다. 조용히 정좌하고서 명상을 해본다. 백회, 인당, 노궁, 용천
으로 폭포수처럼 운기된다. 양손 안의 기운을 느껴보니 기운이 점점
확장되어 병실 전체를 채운다.

'오호라 이게 공간을 에너지 장으로 채운다는 것이로구나' 생각이
스친다. 병실에 있는 환우들 병세가 호전되기를 강하게 의념해 본
다. 머리를 조여지는 기분 좋은 압박감, 백회 인당으로 폭포수 같은
기운이 쏟아진다. 단전은 따뜻하고 용천혈도 기운이 통한다. 내 몸
이 강한 전류가 흐르는 전도체가 된 듯한 체험이다.

일어나서 어머님 무릎에 손을 대니 따스한 기운이 스며든다. 가볍
게 근육 경련을 일으키더니 맥박이 뛰는 것이 손바닥에 체감되어진
다. 수술한 무릎에 맥박이 뛰는 것은 혈액이 소통하고 있는 것이다.
영양분이 공급되면 조만간 수술한 무릎은 치료될 것이다. 즉 심기혈
정(心氣血精)인 것이다. 병원에서 무릎 연골을 수술하면 15~20년을
쓸 수 있다고 한다.

이번에 인공연골로 무릎수술하고 교체하는 것을 보면서 우리 몸이
자동차와 같다는 생각이 문득 떠오른다. 고장난 부위는 자동차 부품

처럼 교환하여 사용할 수 있으니 백세 인생 살아가는 데 도움이 될 것 같다.

최근 체험한 내용을 적어 보았다. 매일 맞이하는 일상이지만 새로운 의미를 부여하고 삼공스승님이 늘 강조 하시는 "역지사지 방하착" 관법을 행하며 머무는 곳에서 삼공선도의 향기를 전하도록 일심으로 가 보려 한다.

2017. 03. 05
제자 김광호 올림

【회답】

나 역시 김광호 씨의 수련 진행 상황을 열심히 지켜 볼 것입니다. 부디 좋은 성과 기대 합니다.

【부록】

금언과 격언들

닭이 천이면 봉이 한 마리.

- 한국 속담 -

* 많은 사람이 모이면 반드시 지도자가 있게 마련이라는 뜻.

이 세상은 캄캄한 암흑
분명하게 진위를 가려보는 이 드물도다.
그물에서 벗어난 새 찾아보기 어렵듯
천상에 오르는 이 지극히 희귀하더라.

- 법구경 -

아무 까닭 없이 큰 돈이 들어오면
큰 복이 들어오는 것이 아니라.
큰 재앙이 들어오는 것이다. - 소동파(蘇東坡) -

사람들은 자신의 이익만을 위해 친구를 사귀고 또한 남에게 봉사한다.

오늘 당장의 이익을 생각하지 않는 사람은 보기 드물다.

자신의 이익만을 아는 사람은 추하다. 무소의 뿔처럼 혼자서 가라.

- 숫타니파타 -

백조는 태양의 길을 가고
신통(神通)한 자는 허공을 난다.
지혜로운 이는 악마의 무리를 물리치고
이 세상을 벗어나리라.

- 법구경 -

어떤 사람이 와서 무엇이 화(禍)이고 무엇인 복(福)인지 점쳐달라고 하기에,

나는, 내가 남에게 손해를 끼치는 것이 화이고, 남이 나에게 손해를 입히는 것이 복이라고 대답했다.

- 소강절[邵康節, 중국 북송(北宋)의 유학자 소옹(邵雍)의 시호(諡號). 소옹은 주돈이(周敦頤)가 이기론(理氣論)을 세운 때에 상수론(象數論)을 제창하였음. 저서로는『관물편(觀物篇』 등이 있다.] -

* 내가 남에게 손해를 입히면 인과응보의 법칙에 따라 반드시 그 보복을 받게 마련이지만 남이 나에게 손해를 끼치면 나는 더 이상 남에게 보복을 당할 일이 없으므로 이것이 도리어 복이 된다는 뜻.

천 칸이나 되는 큰 집에 살아도 밤에 잠자리로 쓰는 것은 고작 여덟 자뿐이요, 좋은 밭을 만 경(頃)이나 가지고 있다 해도 하루에 먹은 식량은 고작 두 되뿐이다.

* 경(頃): 백 이랑의 밭

탐욕한 자는 천상에 갈 수 없다.
어리석은 자는 베풀기를 싫어한다.
그러나 지혜로운 이는 보시를 좋아하므로
저 세상에서 복을 누리더라.

- 법구경 -

남의 집에 오래 머물면 천덕꾸러기가 되고,
자주 찾아오면 가깝던 사이도 서먹해지고,
사흘이나 닷새 만에 만나도,

처음처럼 반갑지 않더라.

- 명심보감 -

　도덕을 지키면서 살아가는 사람은 때때로 쓸쓸하고 외로운 경우를 당하기는 하지만 권세에 아부하는 사람은 언제나 처량한 신세에서 벗어날 수 없다. 그러므로 인생살이에 달통한 사람은 물욕 뒤에 감추어진 삶의 실상을 꿰뚫어보고, 죽은 후의 명예를 생각하여, 차라리 한때의 적막을 겪을지언정 영원히 처량한 신세에 빠지지는 않는다.

- 채근담 -

　깨달음을 얻어 깊이 생각하고
　명상에 몰두하는 지혜로운 이는
　이 속세를 떠나 고요를 즐기므로
　신들도 그를 부러워하더라.

- 법구경 -

　목 마를 때 물 한 방울은
　단 이슬과 같지만,
　취한 뒤에 술 한 잔은

마시지 않는 것이 차라리 낫다.

- 명심보감 -

권세, 명리(名利), 부귀영화와 가까이하지 않는 것을 고결하다고 하고,

가까이하되 거기에 물 들지 않는 것을 더욱 고결하다고 한다.

권모술수를 모르는 것을 고상하다 하고,

권모술수를 알고도 일부러 쓰지 않는 것을 더 고상하다고 한다.

- 채근담 -

호승자필패(好勝者必敗): 이기기 좋아하는 자 반드시 진다.

시장자이질(恃壯者易疾): 건강을 과신하는 자 병에 잘 걸린다.

어리자해다(漁利者害多): 이익을 구하는 자 손해 많이 본다.

목명자훼지(鶩名者毁至): 명예를 탐하는 자 비방이 따른다.

- 청나라 신함광(1619~1677)

귀에 거슬리는 말을 듣고 마음에 들지 않는 말을 들으면 이것이야 말로 덕을 닦는 숫돌이 되어 인격 수양에 더 없는 좋은 기회가 된다. 그러나 만약에 말마다 귀를 즐겁게 하고, 일마다 마음을 흡족케

한다면 이는 자기 몸을 짐독(鴆毒: 짐이라는 새가 뿌리는 맹독) 속에 파묻는 것이 되리라.

- 채근담 -

술이 사람을 취하게 하는 것이 아니라, 사람이 제 홀로 취하는 것이고,

미색(美色)이 사람을 홀리는 것이 아니라, 사람이 자기 스스로 홀리는 것이다.

- 명심보감 -

사람으로 태어나기 어렵고,
바른 가르침 듣기 또한 어렵지만
깨달은 사람 만나기는 더욱 더 어렵더라.

- 범구경 -

거칠고 성난 비바람에는 새들도 어찌할 바를 모르지만, 화창한 날씨는 초목도 즐거워한다. 이것으로 보아 천지간에는 단 하루인들 화기(和氣)가 없을 수 없고, 사람의 마음 속에는 단 하루라도 희열(喜悅)이 없어서는 안 된다.   - 채근담 -

공(公)을 위하는 마음이 사(私)를 위하는 마음만 같다면 시비를 가리지 못할 일이 어디 있겠는가? 도심(道心)이 남녀간의 정념(情念)만 하다면 누구나 성불한지 오래되었을 것이다.

- 명심보감 -

악한 일 하지 말고,
착한 일 많이 하여,
마음을 깨끗이 하라,
이것이 모든 부처의 가르침이니라.

- 법구경 -

농주(濃酒), 기름진 고기, 매운 것, 단 것은 참 맛이 아니다. 참맛은 다만 담박할 뿐이다. 신기하고 특이한 짓을 한다고 해서 지인(至人: 도가 높은 사람)이 아니다. 지인은 다만 평범할 뿐이다.

- 채근담 -

(『선도체험기』 114권에 계속됨. 『선도체험기』 114권은 이 책이 나간 지 6개월 안에 나갈 예정입니다.)

저자 약력

경기도 개풍 출생
1963년 포병 중위로 예편
1966년 경희대학교 영어영문학과 졸업
　　　코리아 헤럴드 및 코리아 타임즈 기자생활 23년
1974년 단편 『산놀이』로 《한국문학》 제1회 신인상 당선
1982년 장편 『훈풍』으로 삼성문예상 당선
1985년 장편 『중립지대』로 MBC 6.25문학상 수상

저서로는 단편집 『살려놓고 봐야죠』(1978년), 대일출판사, 민족미래소설 『다물』(1985년), 정신세계사, 장편 『소설 환단고기』(1987년), 도서출판 유림, 『인민군』 3부작(1989년), 도서출판 유림, 『소설 단군』 5권(1996년), 도서출판 유림, 소설선집 『산놀이』 ①(2004년), 『가면 벗기기』 ②(2006년), 『하계수련』 ③(2006년), 지상사, 『선도체험기』 시리즈 등이 있다.

선도체험기 113권

　　2017년　4월 10일 초판 인쇄
　　2017년　4월 15일 초판 발행

　　지은이　김 태 영
　　펴낸이　한 신 규
　　편　집　안 혜 숙
　　펴낸곳　글앤북
　　주　소　138-210 서울특별시 송파구 동남로 11길 19(가락동)
　　전　화　Tel. 070-7613-9110　Fax. 02-443-0212
　　등　록　2013년 4월 12일(제25100-2013-000041호)
　　E-mail　geul2013@naver.com

　　ISBN　　979-11-955266-8-0　03810　정가 15,000원